La Leyenda del Jinete sin Cabeza

por Washington Irving

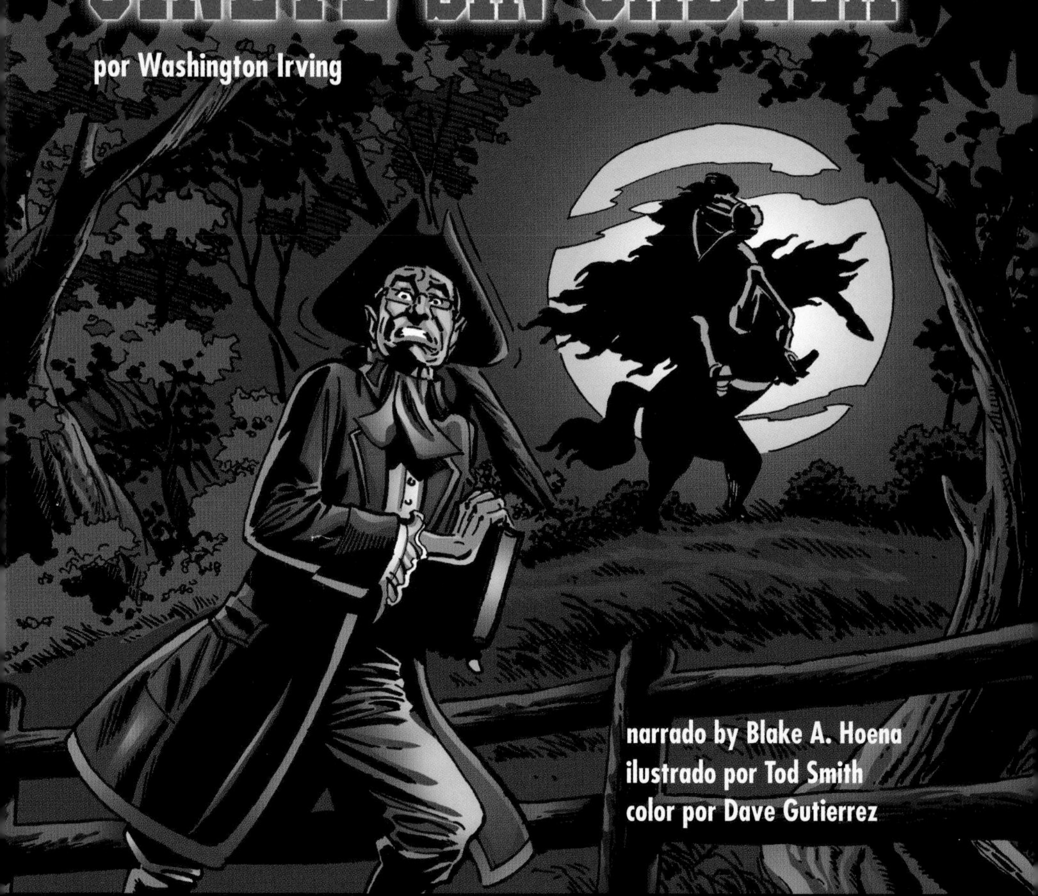

narrado by Blake A. Hoena
ilustrado por Tod Smith
color por Dave Gutierrez

STONE ARCH BOOKS
MINNEAPOLIS SAN DIEGO

Graphic Revolve es publicado por Stone Arch Books
151 Good Counsel Drive, P.O. Box 669
Mankato, Minnesota 56002
www.stonearchbooks.com

Librería del Congreso Catalogando Data en Publicación
Hoena, B. A.
[Legend of Sleepy Hollow. English and Spanish.]
La Leyenda del Jinete sin Cabeza / by Washington Irving; retold by Blake A. Hoena; illustrated by Tod Smith; colored by Dave Gutierrez; translated by Sara Tobon.
p. cm. — (Graphic Revolve en Español)
Summary: A superstitious schoolmaster, in love with a wealthy farmer's daughter, has a terrifying encounter with a headless horseman.
ISBN 978-1-4342-1688-5 (library binding)
1. Graphic novels. [1. Graphic novels. 2. Ghosts—Fiction. 3. New York (State)—Fiction.] I. Smith, Tod, ill. II. Tobon, Sara. III. Irving, Washington, 1783–1859. Legend of Sleepy Hollow. IV. Title.
PZ7.7.H64Ley 2010
741.5'973—dc22 2009014194

Resumen: ¡Un jinete sin cabeza espanta a Sleepy Hollow! Al menos esa es la leyenda en el pequeño pueblo de Tarry Town. Pero las historias aterradoras no frenarán al nuevo maestro del pueblo, Ichabod Crane, de cruzar por el Valle, especialmente cuando la hermosa Katrina vive al otro lado. ¿Será que Ichabod conquista a su namorada o descubre que la leyenda de Sleepy Hollow es realmente cierta?

Director Creativo: Heather Kindseth
Diseño Gráfico: Brann Garvey
Traducción del Inglés: Saron Tobon

Impreso en los Estados Unidos de América

Tabla de Contenidos

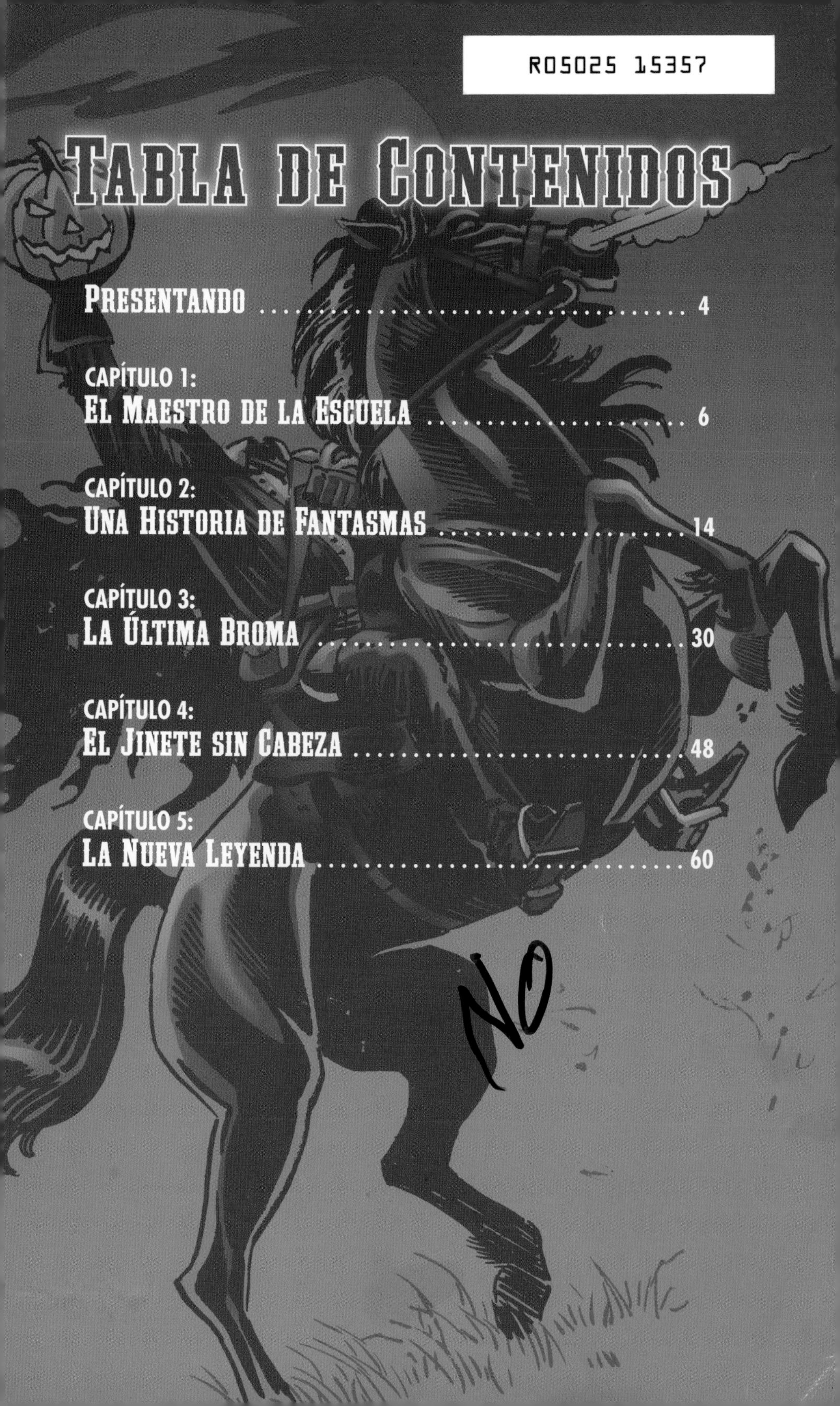

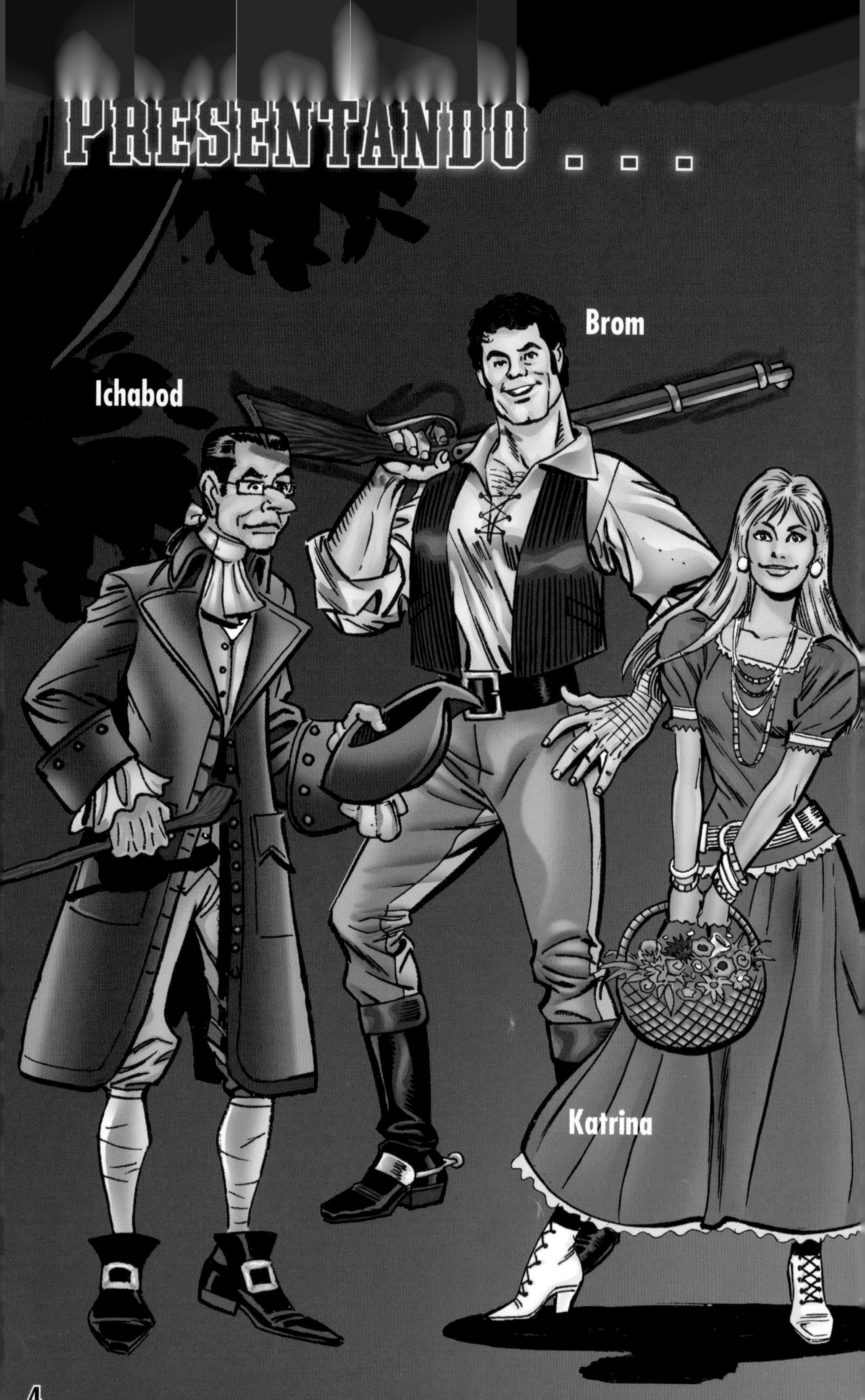
PRESENTANDO . . .
Brom
Ichabod
Katrina

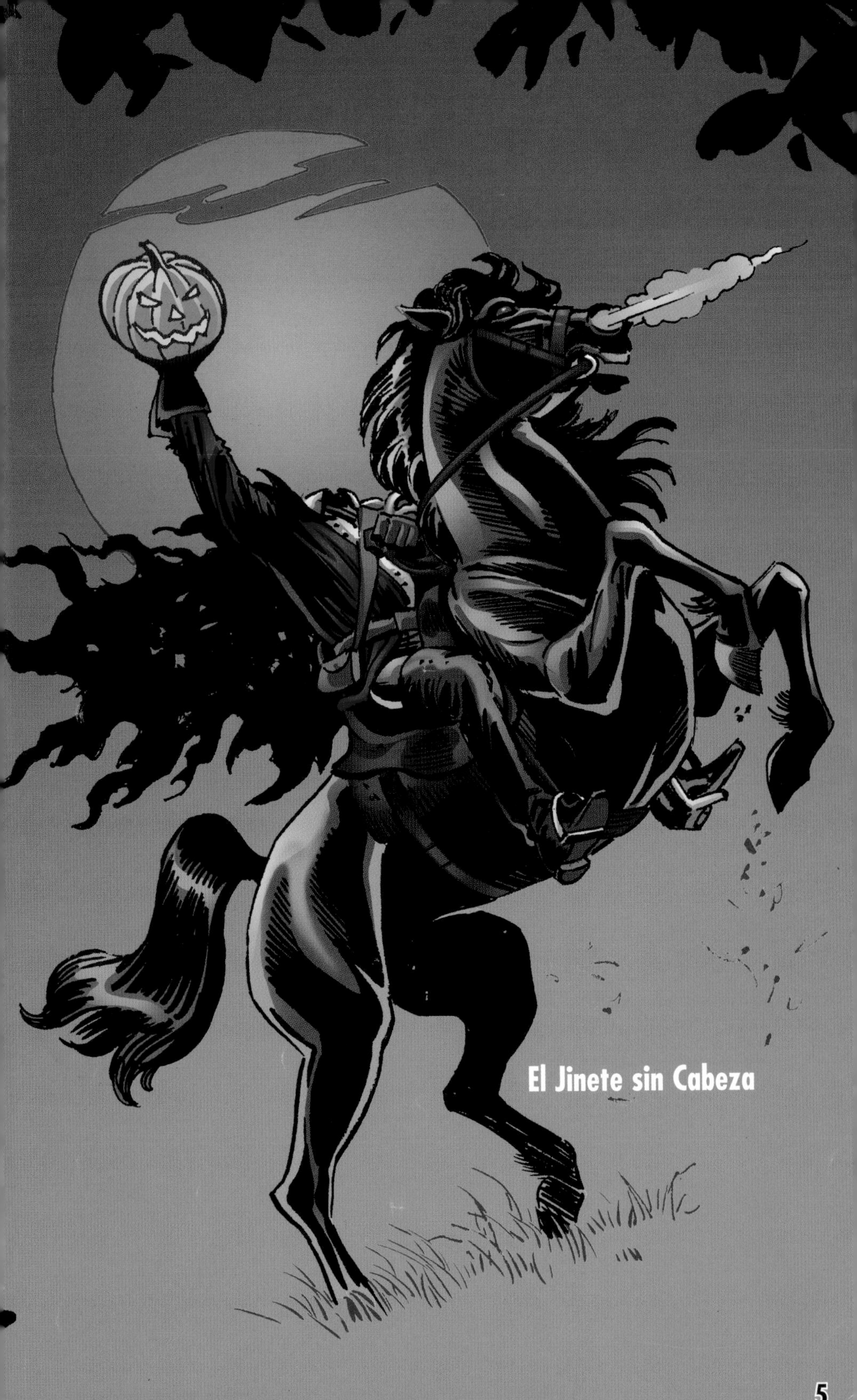
El Jinete sin Cabeza

CAPÍTULO 1
EL MAESTRO DE LA ESCUELA

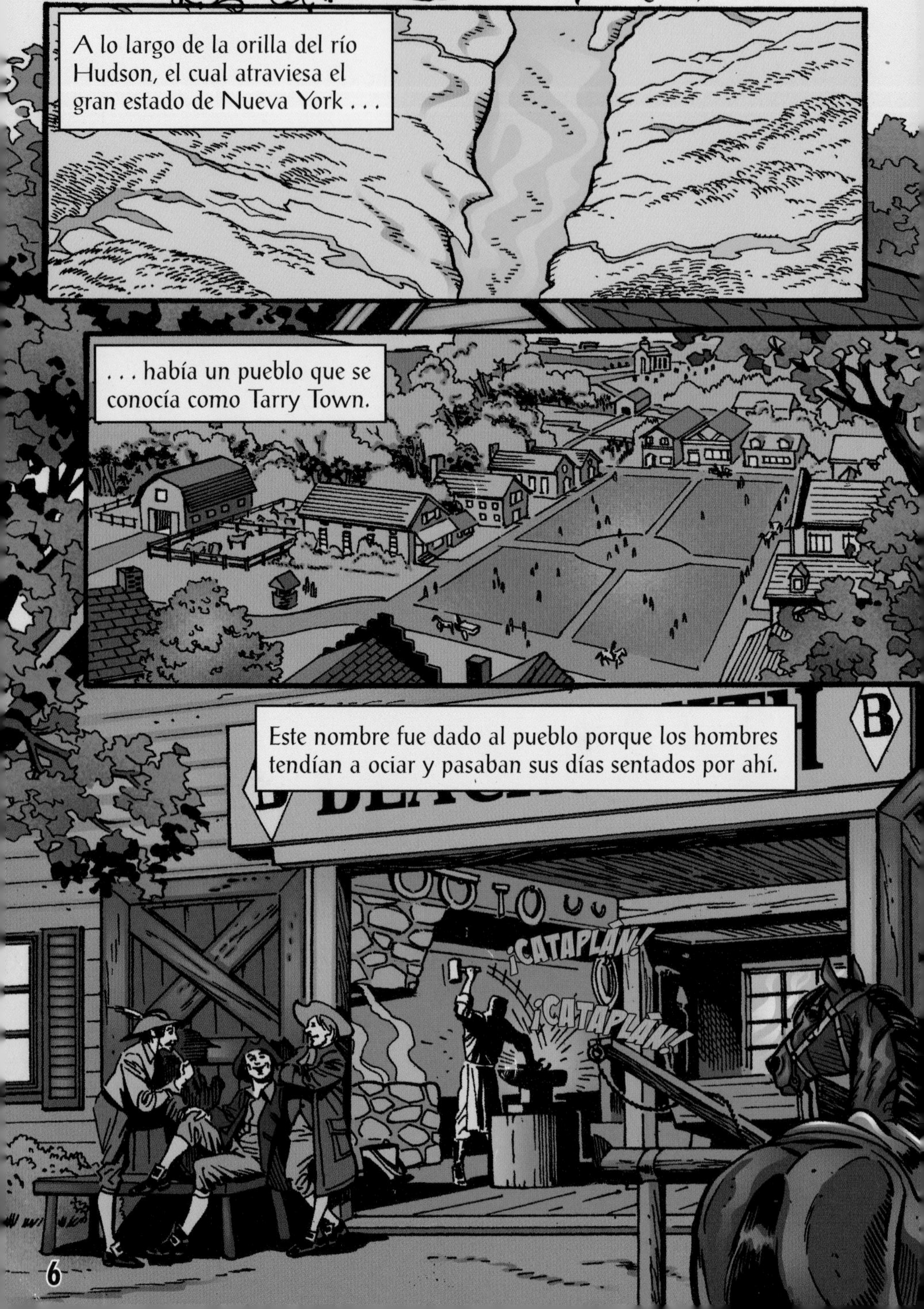

A lo largo de la orilla del río Hudson, el cual atraviesa el gran estado de Nueva York . . .
. . . había un pueblo que se conocía como Tarry Town.
Este nombre fue dado al pueblo porque los hombres tendían a ociar y pasaban sus días sentados por ahí.
¡CATAPLÁN!
¡CATAPLÁN!

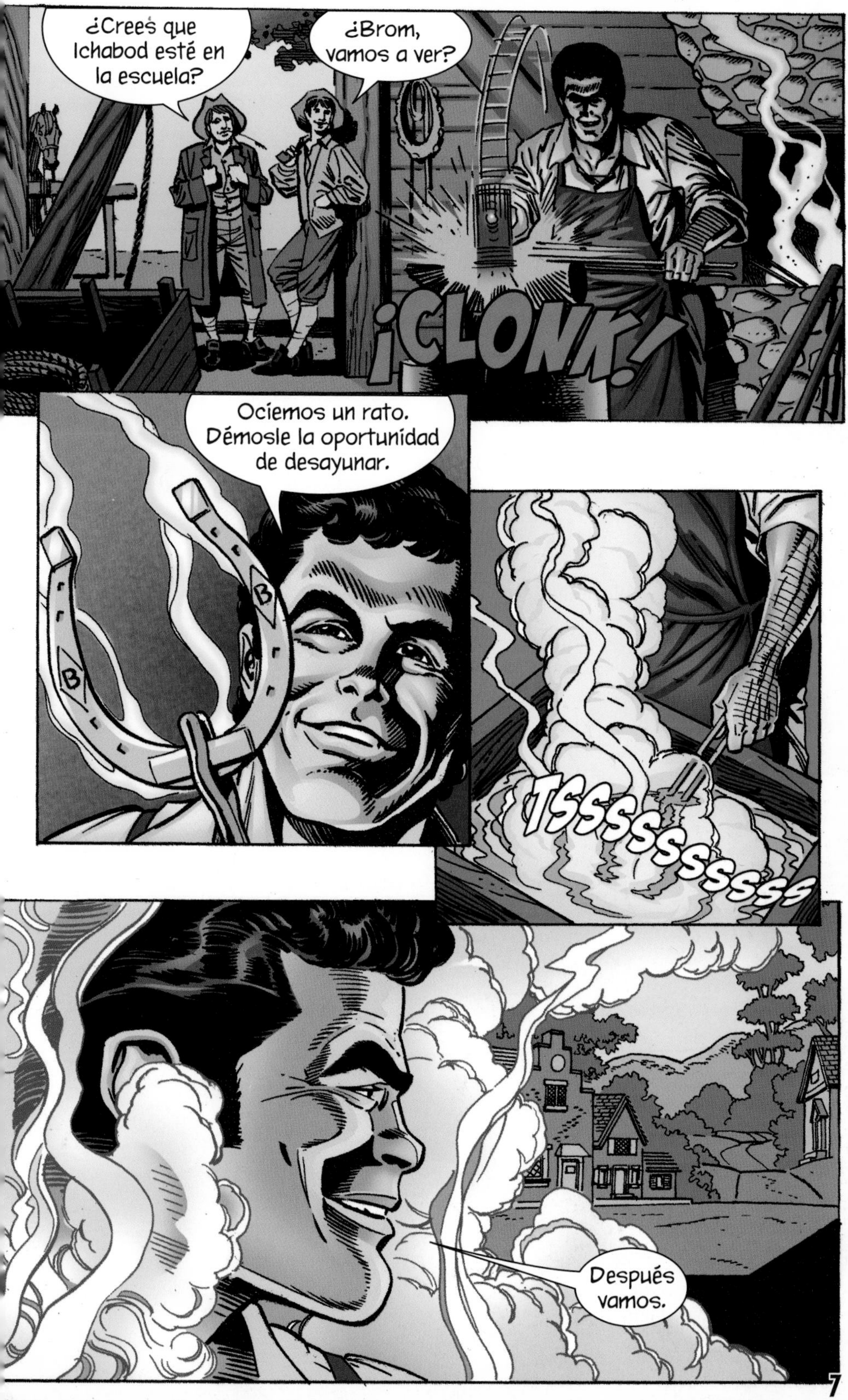
¿Crees que Ichabod esté en la escuela?
¿Brom, vamos a ver?
¡CLONK!
Ociemos un rato. Démosle la oportunidad de desayunar.
TSSSSSSSSSS
Después vamos.

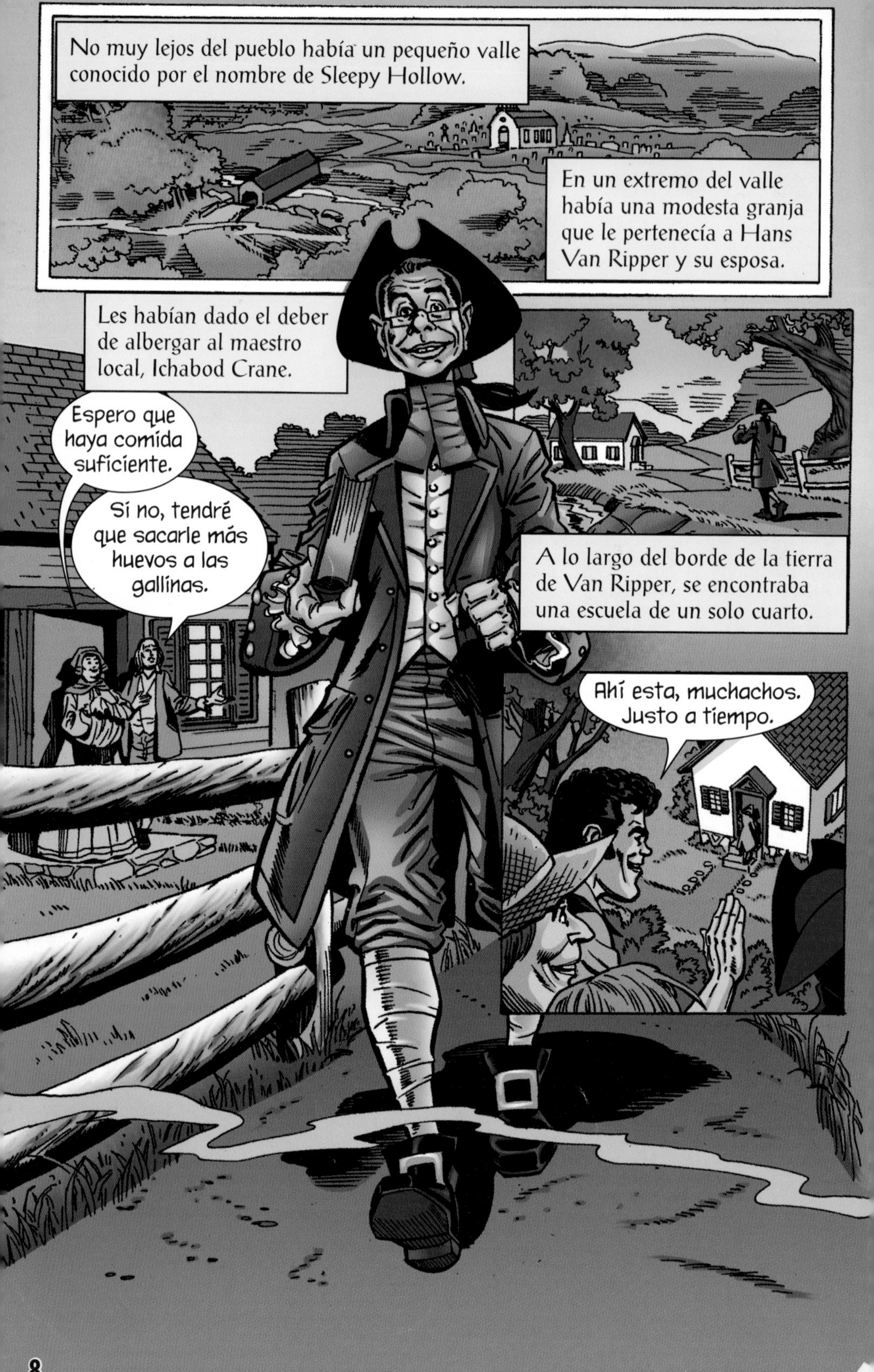
No muy lejos del pueblo había un pequeño valle conocido por el nombre de Sleepy Hollow.
En un extremo del valle había una modesta granja que le pertenecía a Hans Van Ripper y su esposa.
Les habían dado el deber de albergar al maestro local, Ichabod Crane.
Espero que haya comida suficiente.
Si no, tendré que sacarle más huevos a las gallinas.
A lo largo del borde de la tierra de Van Ripper, se encontraba una escuela de un solo cuarto.
Ahí esta, muchachos. Justo a tiempo.

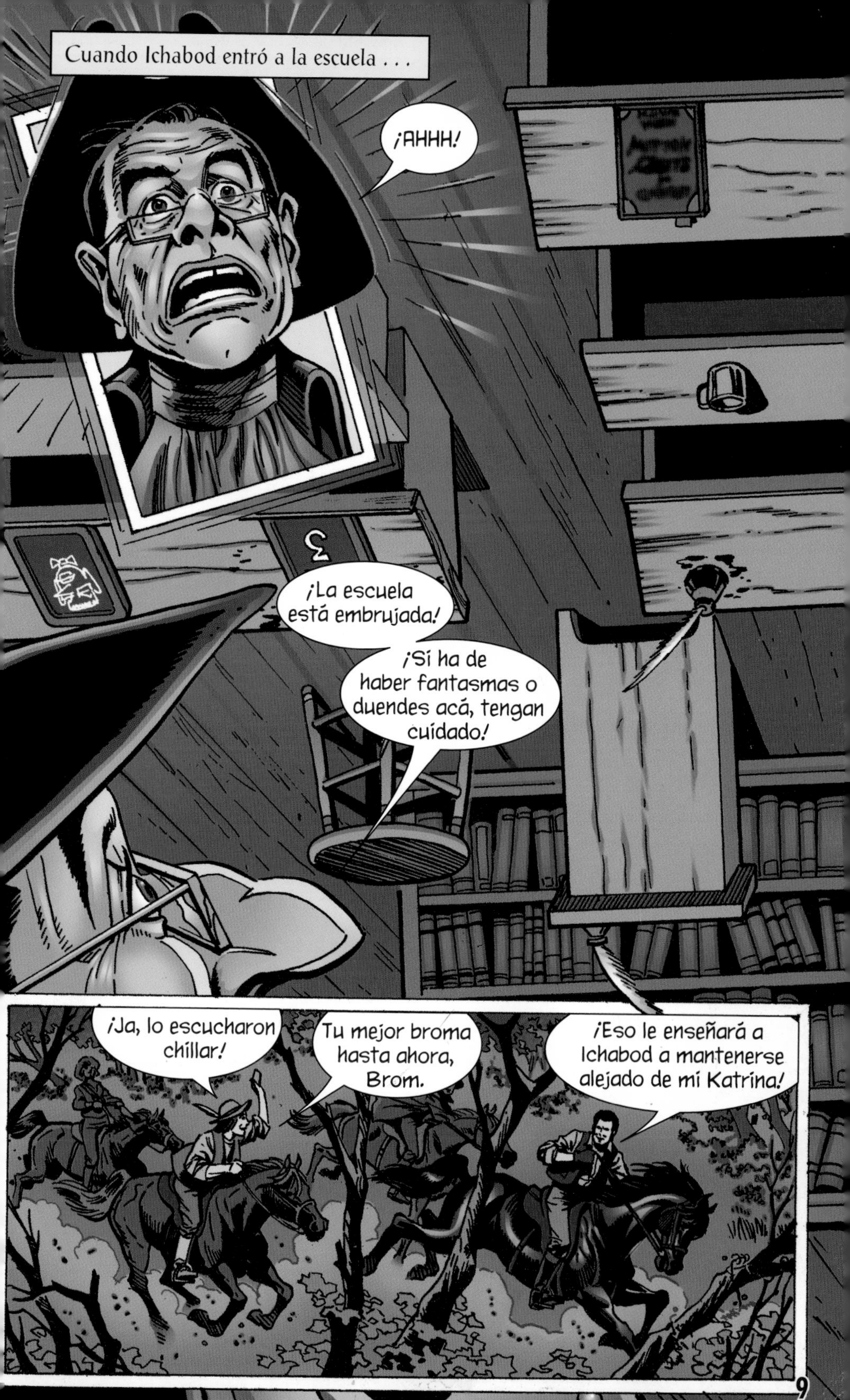
Cuando Ichabod entró a la escuela . . .
¡AHHH!
¡La escuela está embrujada!
¡Si ha de haber fantasmas o duendes acá, tengan cuidado!
¡Ja, lo escucharon chillar!
Tu mejor broma hasta ahora, Brom.
¡Eso le enseñará a Ichabod a mantenerse alejado de mi Katrina!

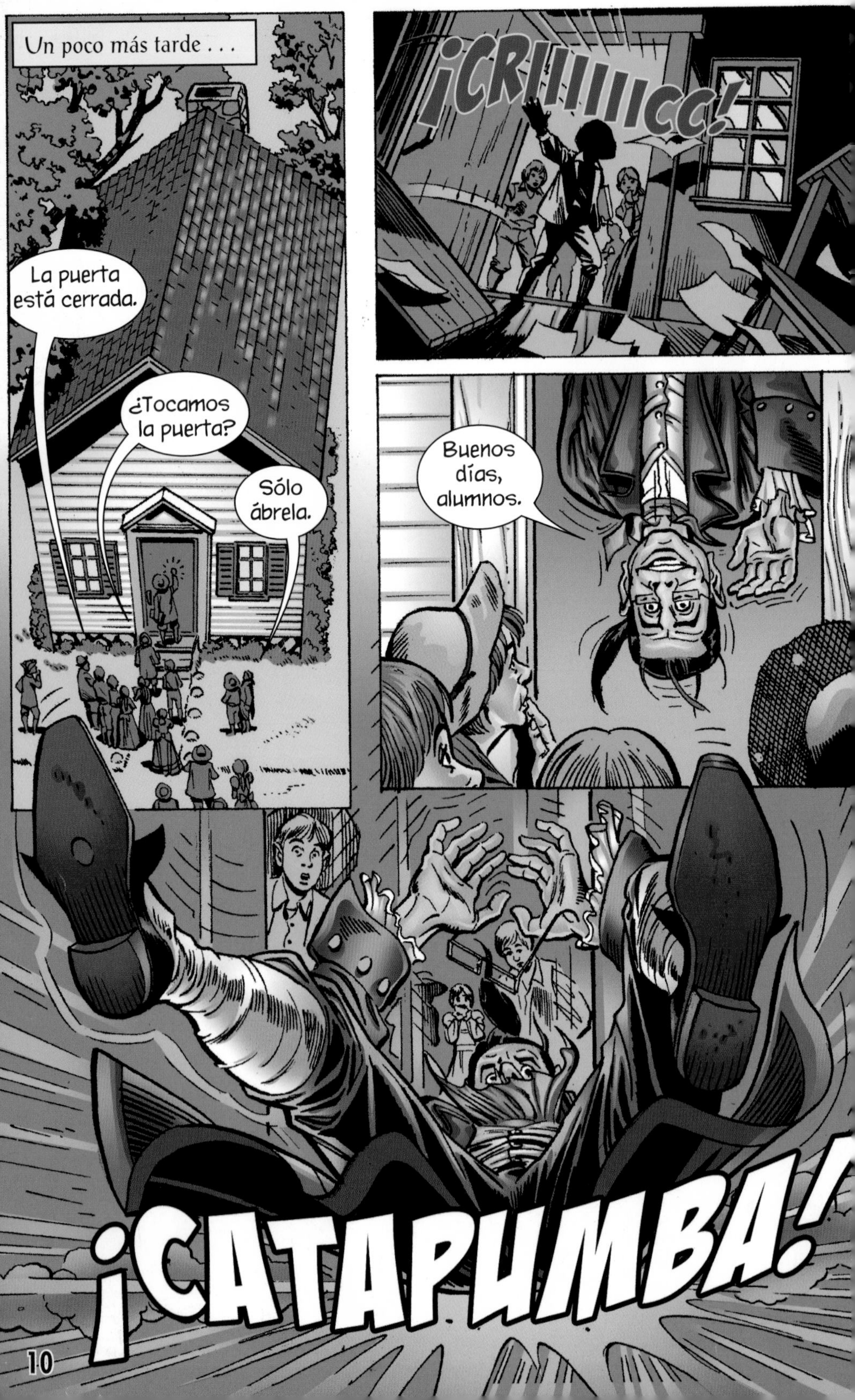
Un poco más tarde . . .
La puerta está cerrada.
¿Tocamos la puerta?
Sólo ábrela.
¡CRIIIIIICC!
Buenos días, alumnos.
¡CATAPUMBA!

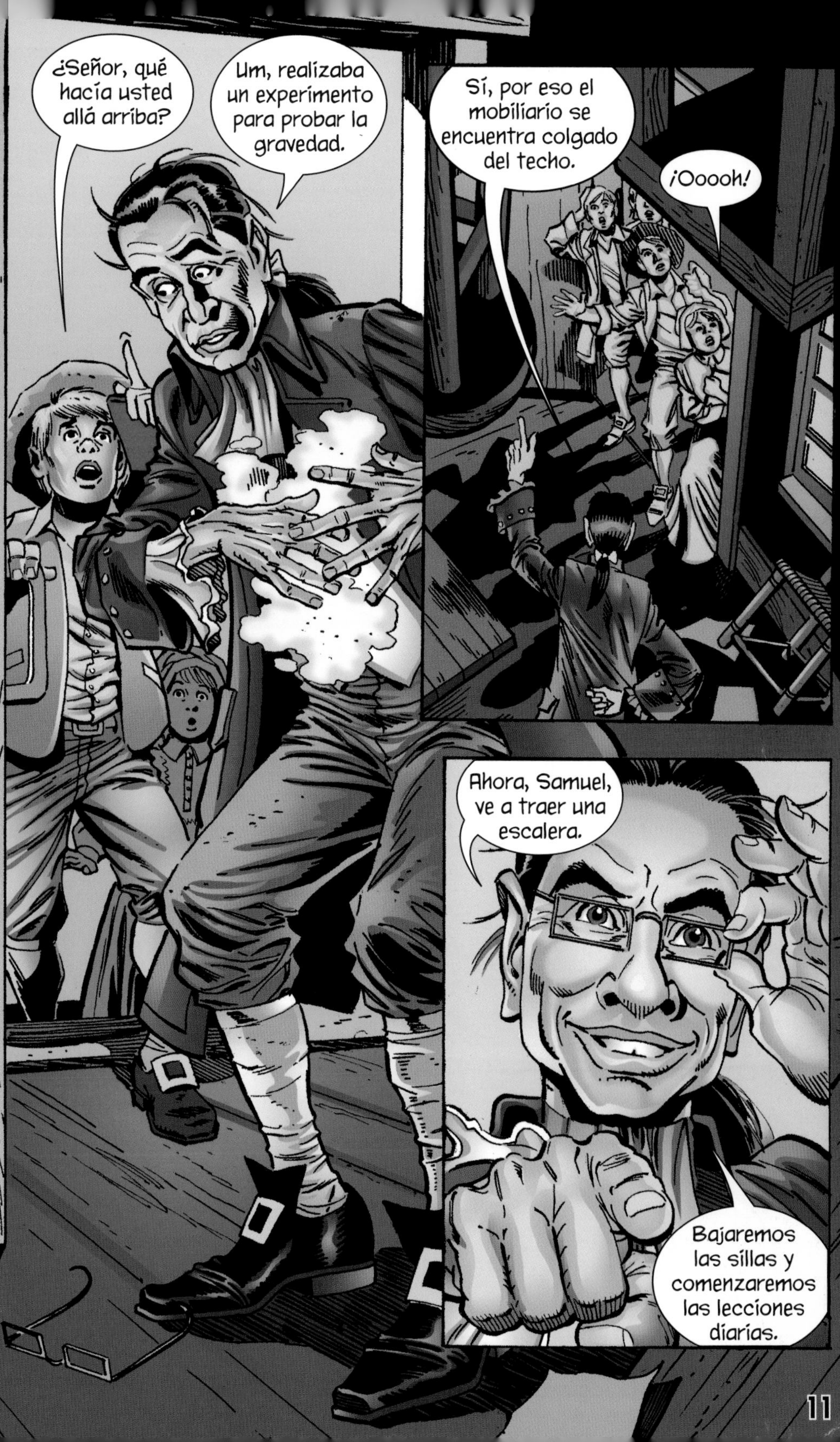
¿Señor, qué hacía usted allá arriba?
Um, realizaba un experimento para probar la gravedad.
Sí, por eso el mobiliario se encuentra colgado del techo.
¡Ooooh!
Ahora, Samuel, ve a traer una escalera.
Bajaremos las sillas y comenzaremos las lecciones diarias.

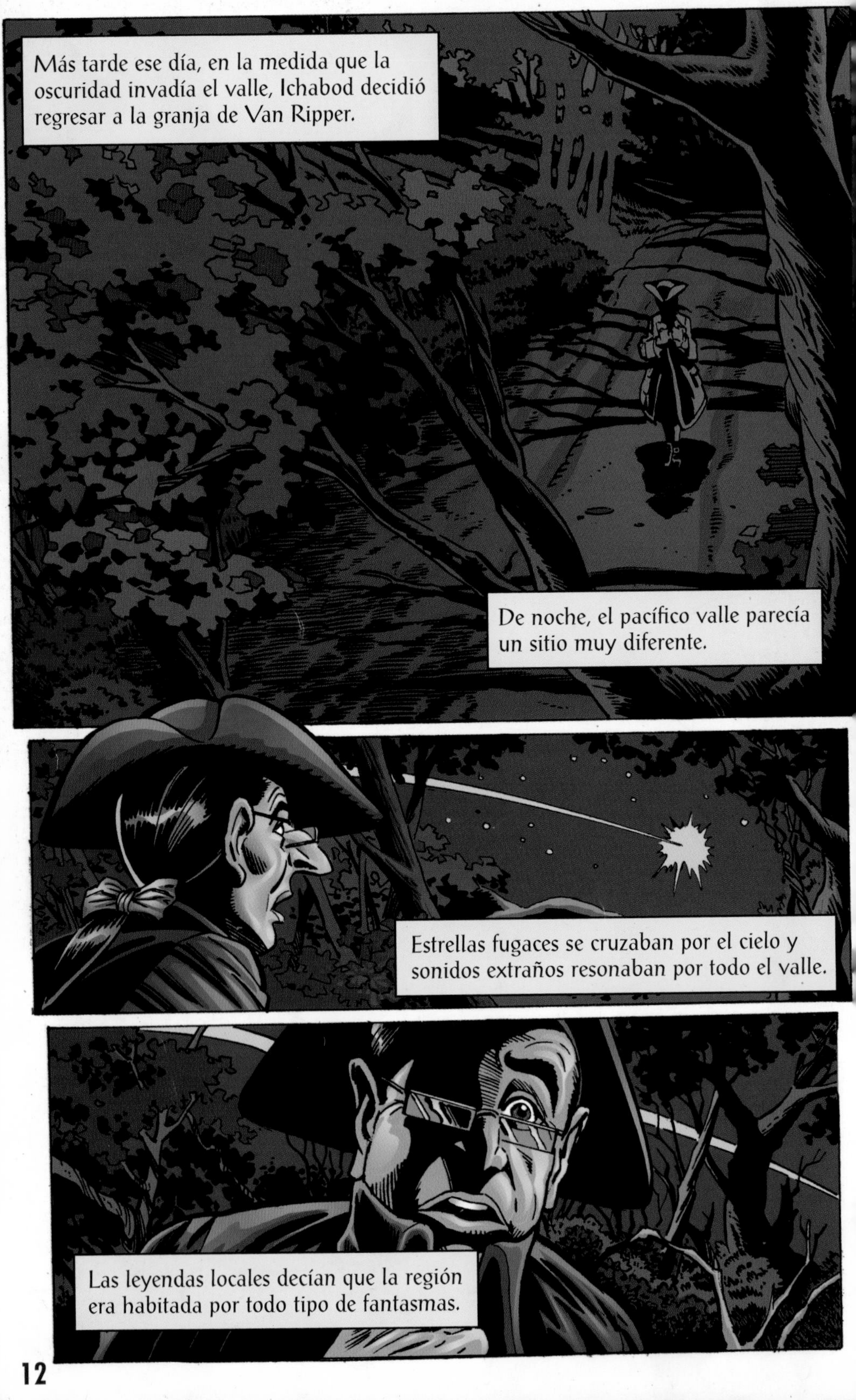
Más tarde ese día, en la medida que la oscuridad invadía el valle, Ichabod decidió regresar a la granja de Van Ripper.
De noche, el pacífico valle parecía un sitio muy diferente.
Estrellas fugaces se cruzaban por el cielo y sonidos extraños resonaban por todo el valle.
Las leyendas locales decían que la región era habitada por todo tipo de fantasmas.

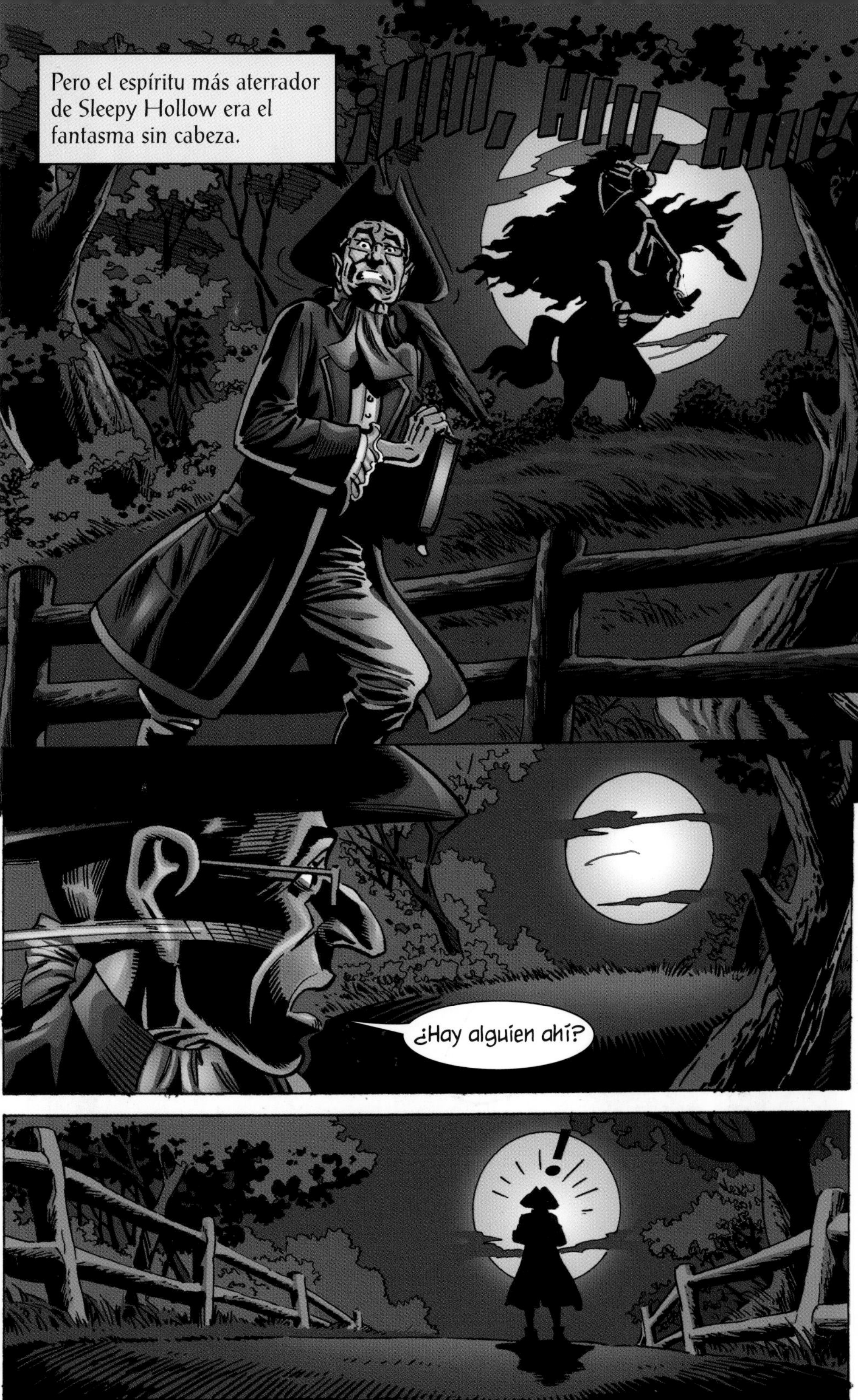
Pero el espíritu más aterrador de Sleepy Hollow era el fantasma sin cabeza.
¡HIII, HIII, HIII!
¿Hay alguien ahí?
!

CAPÍTULO 2

UNA HISTORIA DE FANTASMAS

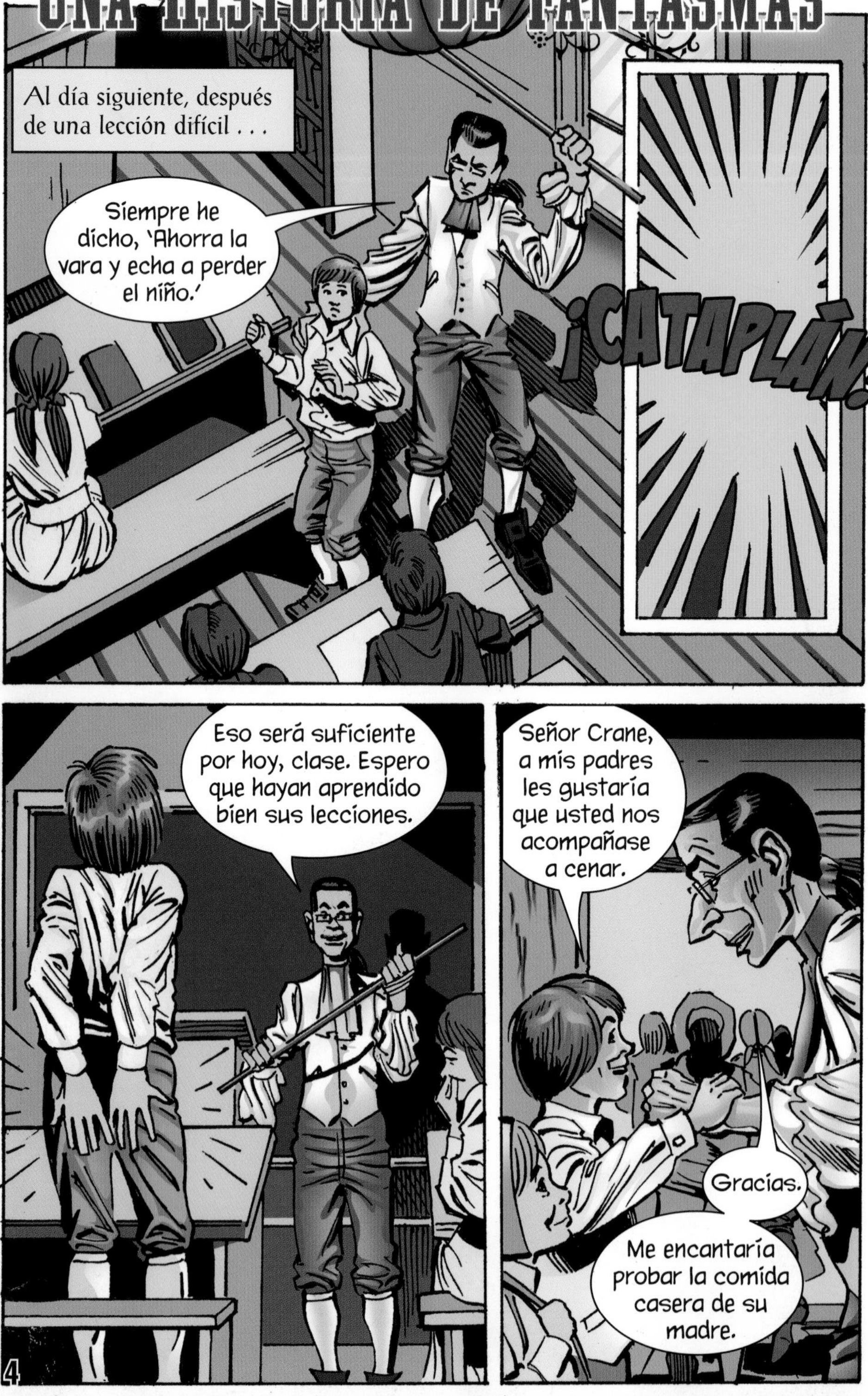

Al día siguiente, después de una lección difícil . . .
Siempre he dicho, 'Ahorra la vara y echa a perder el niño.'
¡CATAPLÁN!
Eso será suficiente por hoy, clase. Espero que hayan aprendido bien sus lecciones.
Señor Crane, a mis padres les gustaría que usted nos acompañase a cenar.
Gracias.
Me encantaría probar la comida casera de su madre.

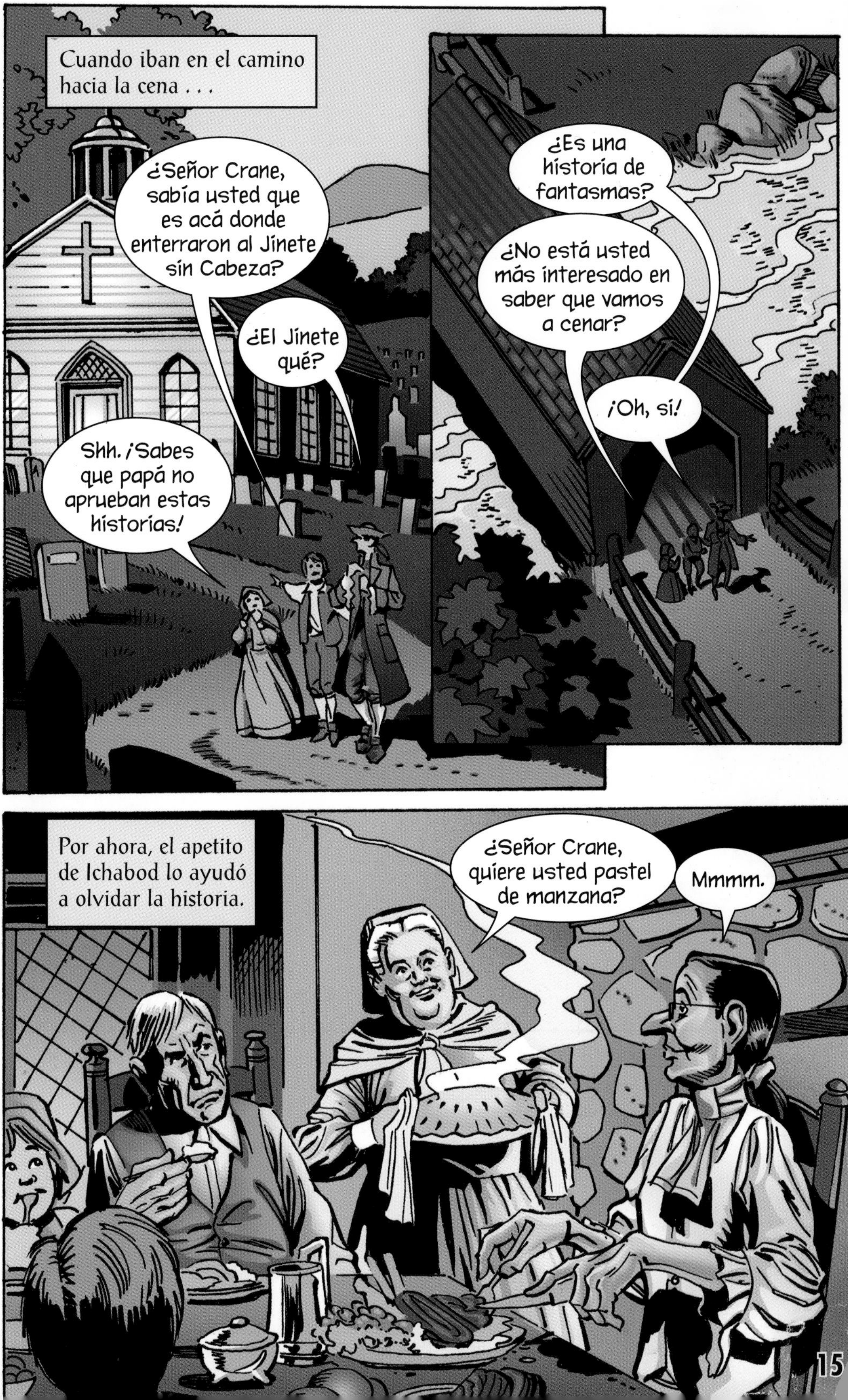
Cuando iban en el camino hacia la cena . . .
¿Señor Crane, sabía usted que es acá donde enterraron al Jinete sin Cabeza?
¿El Jinete qué?
Shh. ¡Sabes que papá no aprueban estas historias!
¿Es una historia de fantasmas?
¿No está usted más interesado en saber que vamos a cenar?
¡Oh, sí!
Por ahora, el apetito de Ichabod lo ayudó a olvidar la historia.
¿Señor Crane, quiere usted pastel de manzana?
Mmmm.

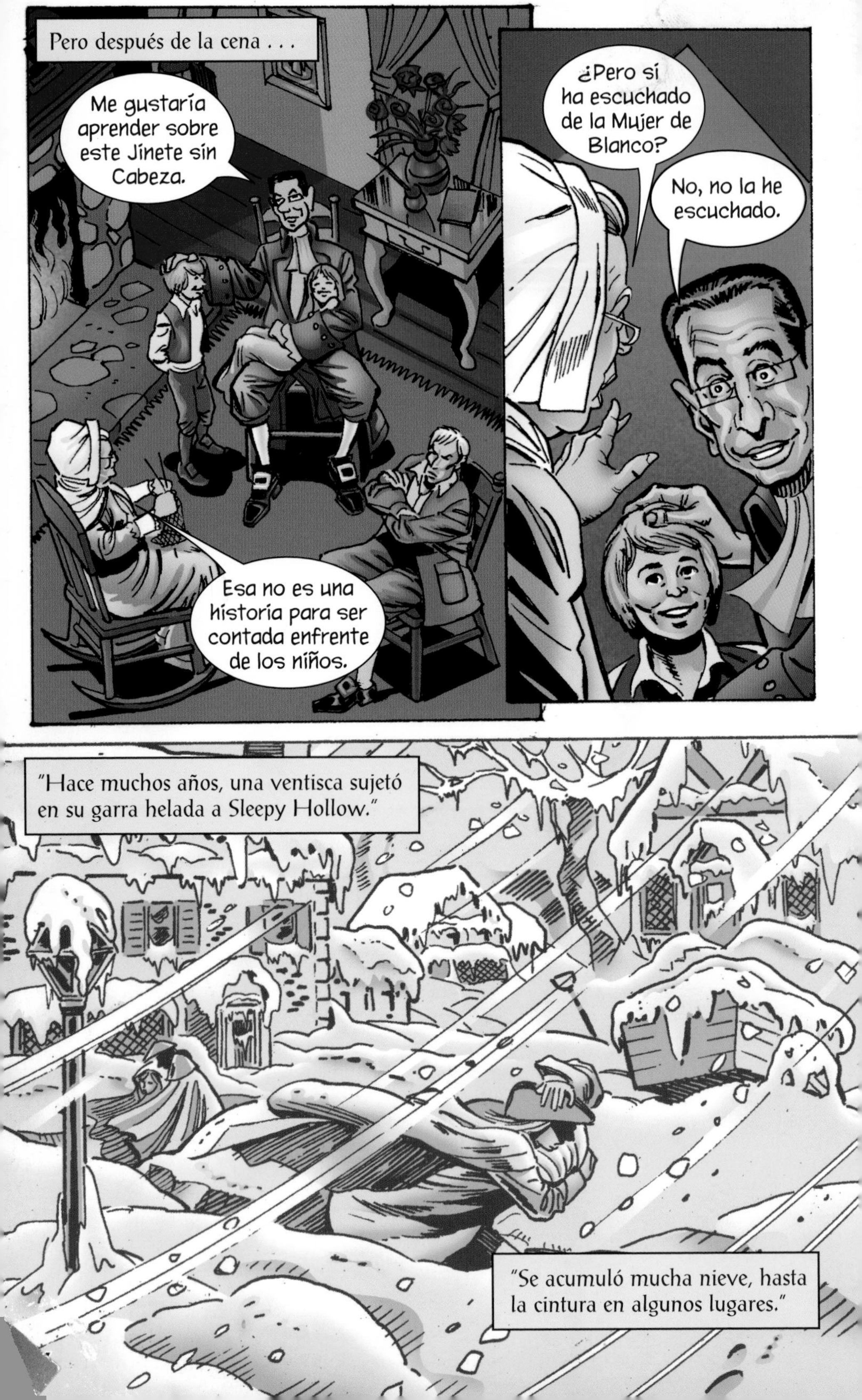

Pero después de la cena . . .
Me gustaría aprender sobre este Jinete sin Cabeza.
Esa no es una historia para ser contada enfrente de los niños.
¿Pero sí ha escuchado de la Mujer de Blanco?
No, no la he escuchado.
"Hace muchos años, una ventisca sujetó en su garra helada a Sleepy Hollow."
"Se acumuló mucha nieve, hasta la cintura en algunos lugares."

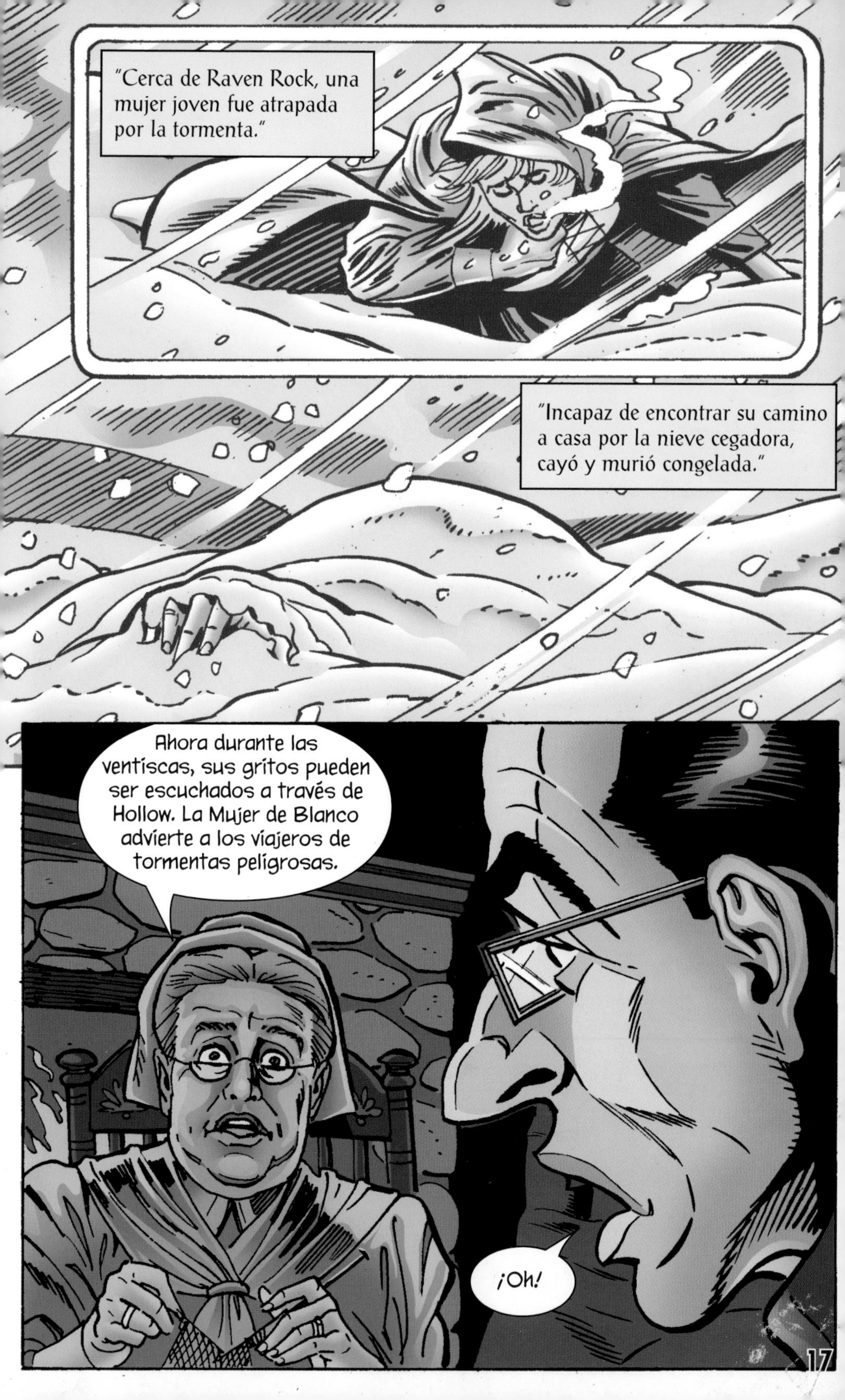
"Cerca de Raven Rock, una mujer joven fue atrapada por la tormenta."
"Incapaz de encontrar su camino a casa por la nieve cegadora, cayó y murió congelada."
Ahora durante las ventiscas, sus gritos pueden ser escuchados a través de Hollow. La Mujer de Blanco advierte a los viajeros de tormentas peligrosas.
¡Oh!

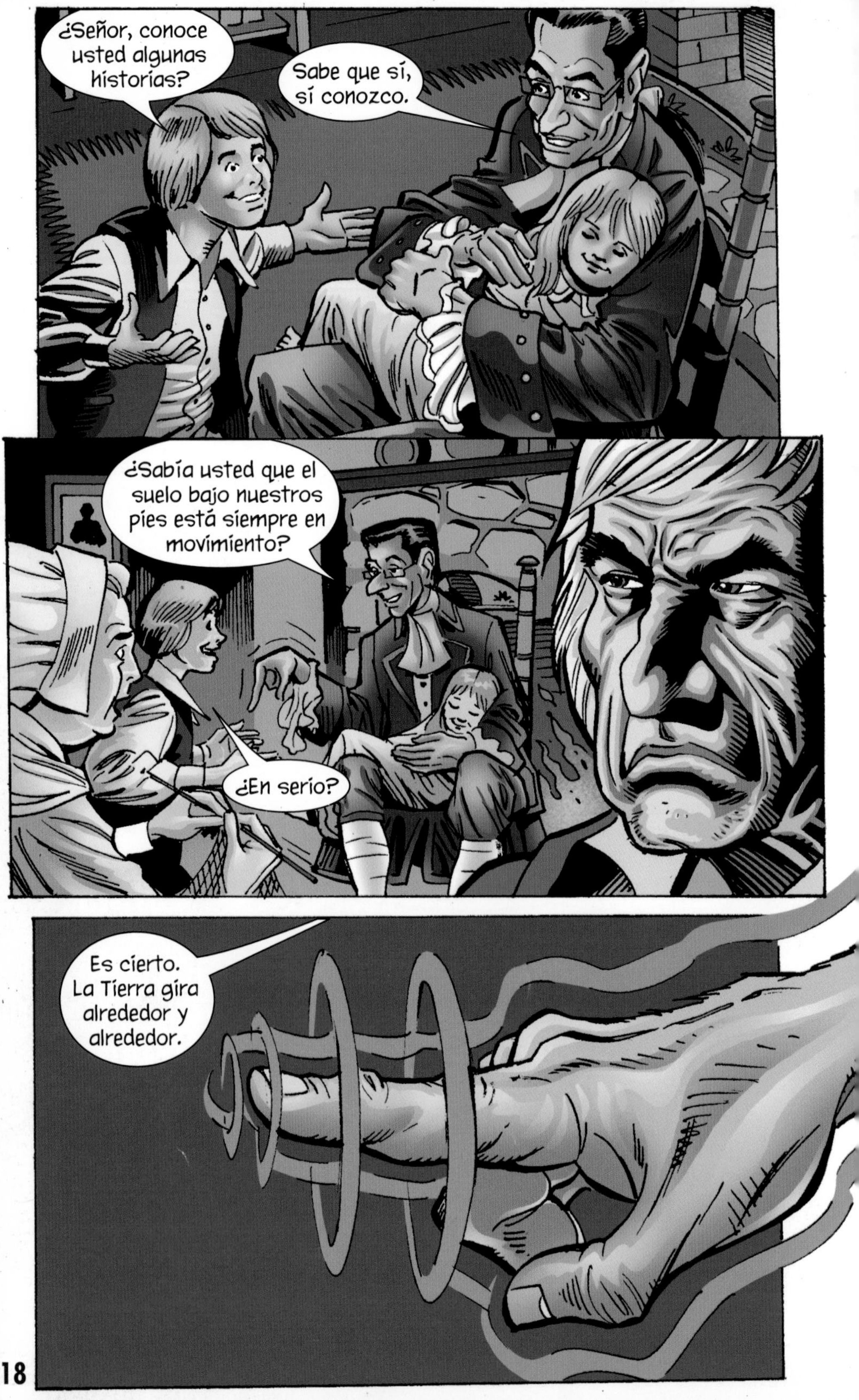
¿Señor, conoce usted algunas historias?
Sabe que sí, sí conozco.
¿Sabía usted que el suelo bajo nuestros pies está siempre en movimiento?
¿En serio?
Es cierto. La Tierra gira alrededor y alrededor.

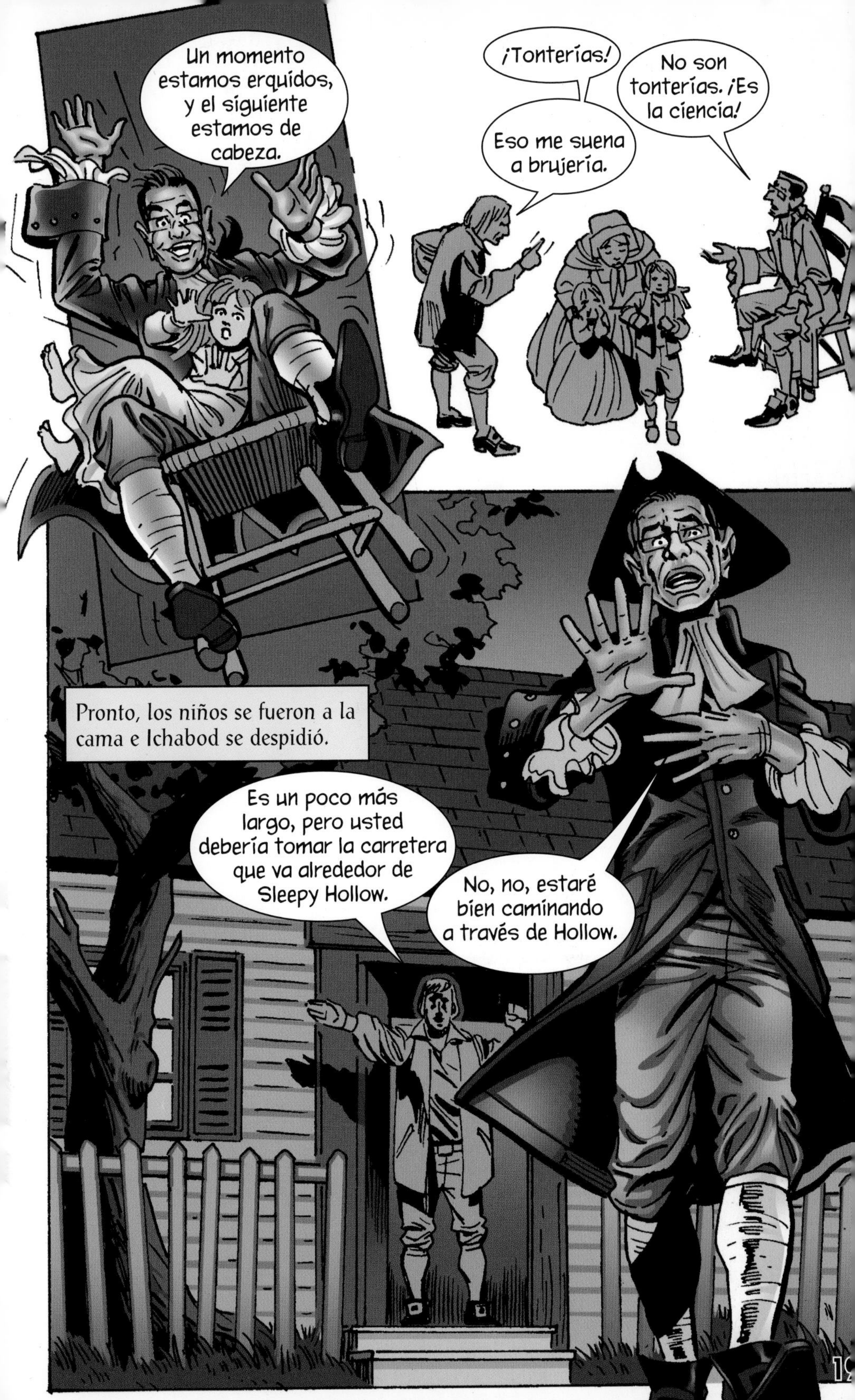
Un momento estamos erguidos, y el siguiente estamos de cabeza.
¡Tonterías!
No son tonterías. ¡Es la ciencia!
Eso me suena a brujería.
Pronto, los niños se fueron a la cama e Ichabod se despidió.
Es un poco más largo, pero usted debería tomar la carretera que va alrededor de Sleepy Hollow.
No, no, estaré bien caminando a través de Hollow.

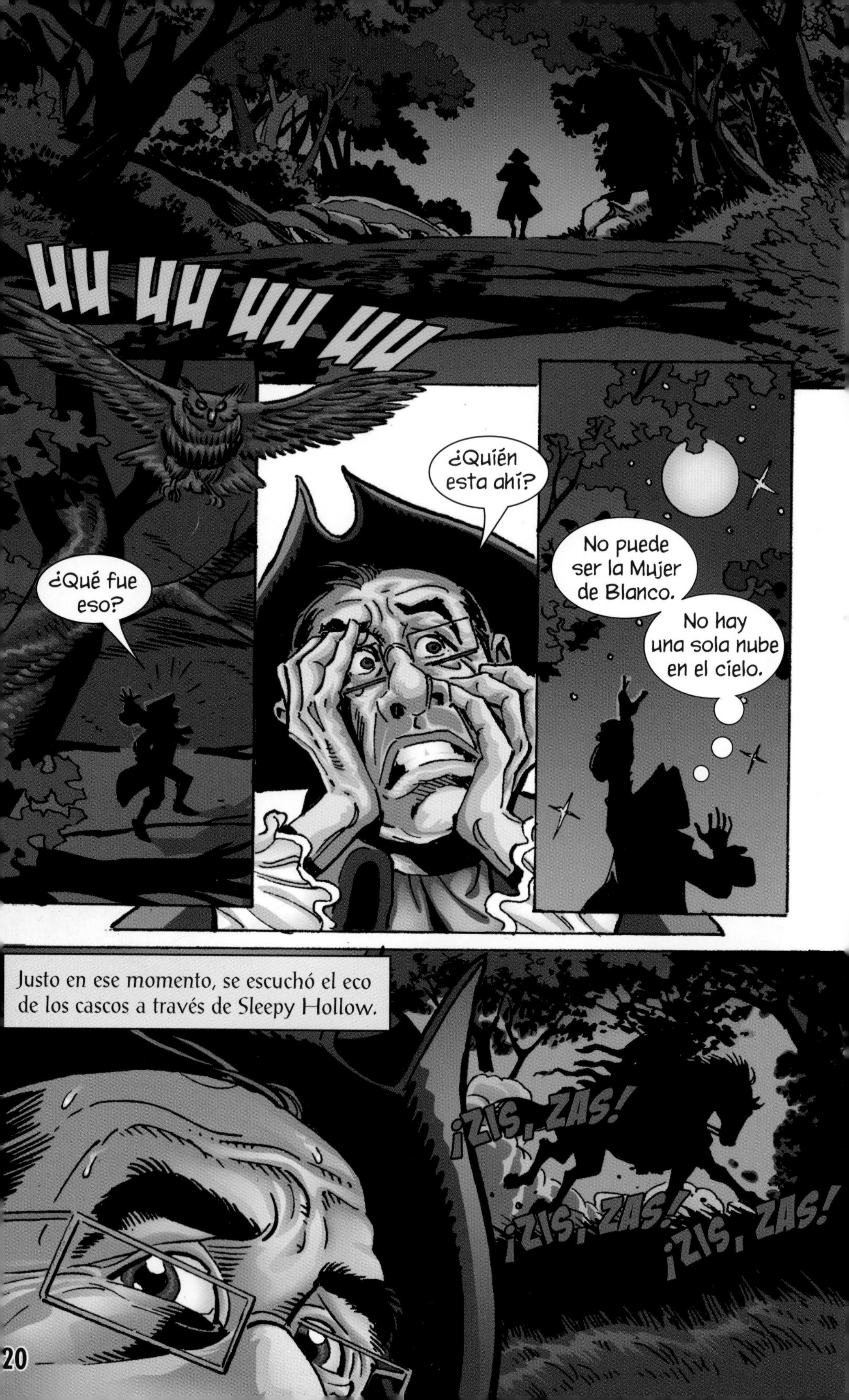
UU UU UU UU
¿Qué fue eso?
¿Quién esta ahí?
No puede ser la Mujer de Blanco.
No hay una sola nube en el cielo.
Justo en ese momento, se escuchó el eco de los cascos a través de Sleepy Hollow.
¡ZIS, ZAS!
¡ZIS, ZAS!
¡ZIS, ZAS!

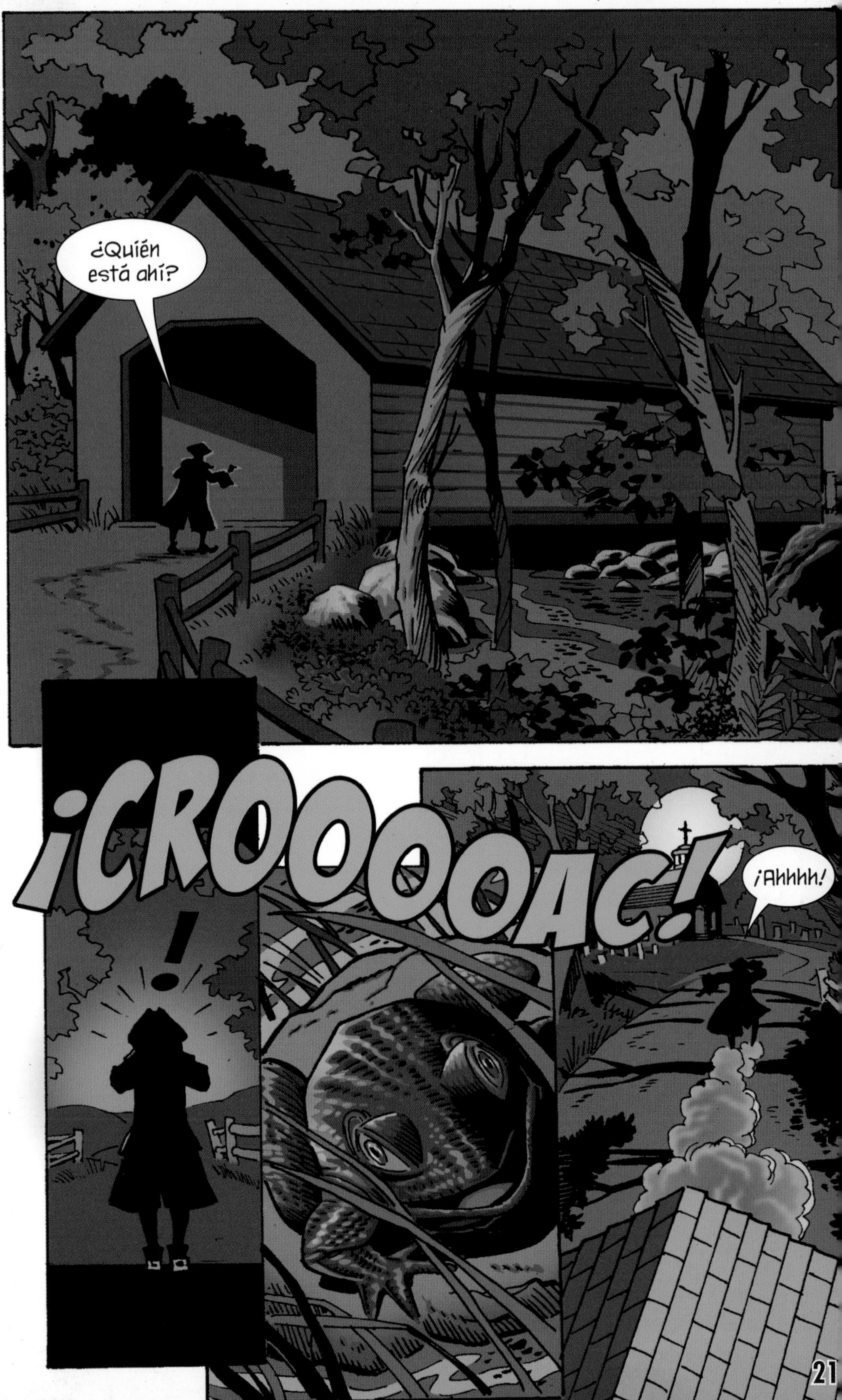
¿Quién está ahí?
¡CROOOOOAC!
!
¡Ahhhh!

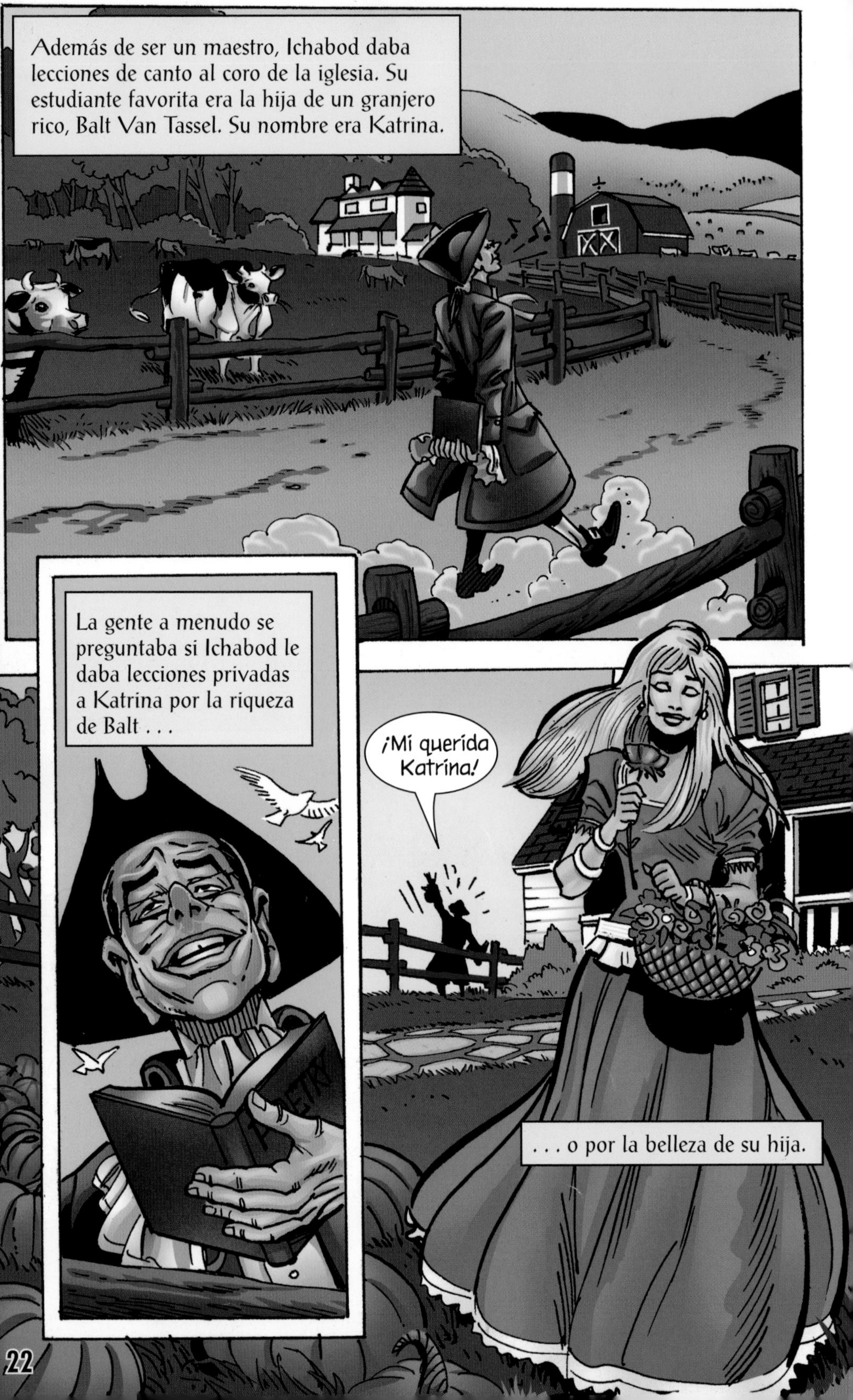
Además de ser un maestro, Ichabod daba lecciones de canto al coro de la iglesia. Su estudiante favorita era la hija de un granjero rico, Balt Van Tassel. Su nombre era Katrina.
La gente a menudo se preguntaba si Ichabod le daba lecciones privadas a Katrina por la riqueza de Balt . . .
¡Mi querida Katrina!
. . . o por la belleza de su hija.

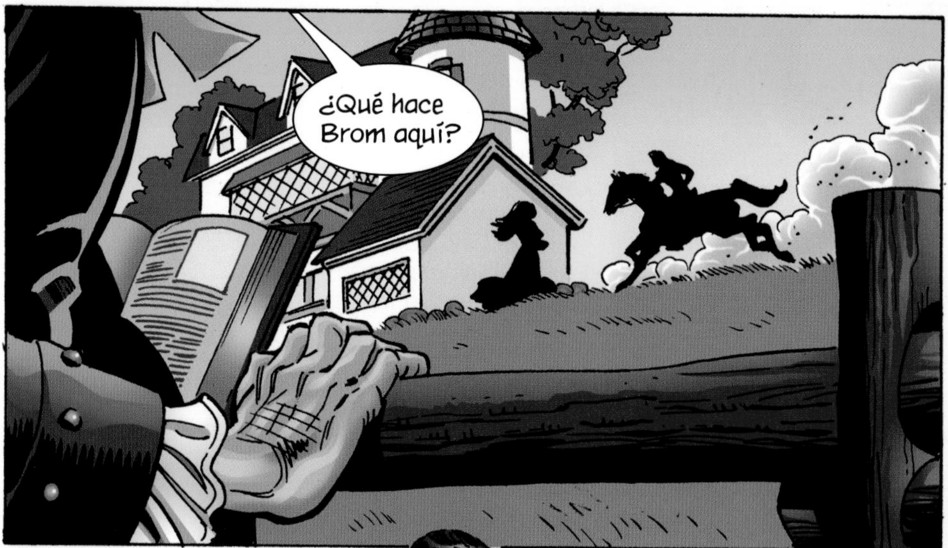
¿Qué hace Brom aquí?

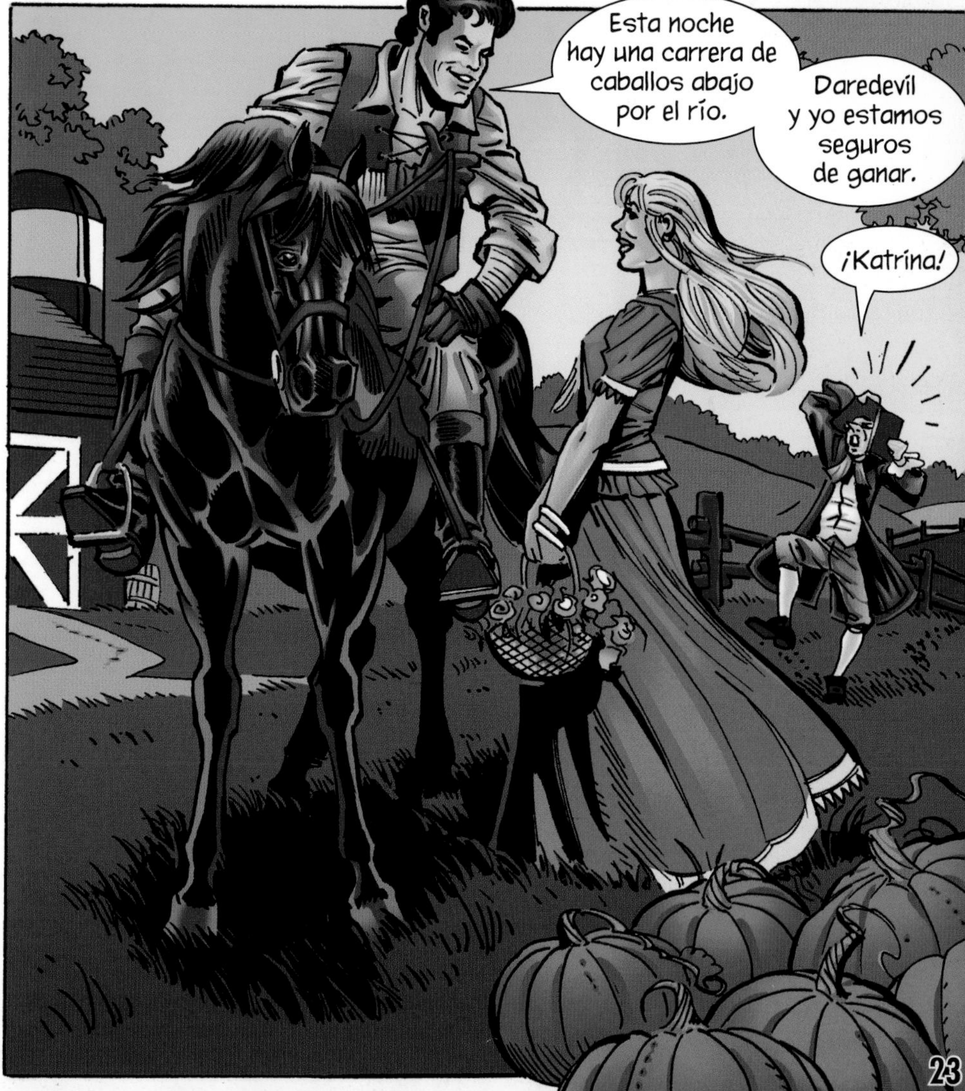
Esta noche hay una carrera de caballos abajo por el río.
Daredevil y yo estamos seguros de ganar.
¡Katrina!

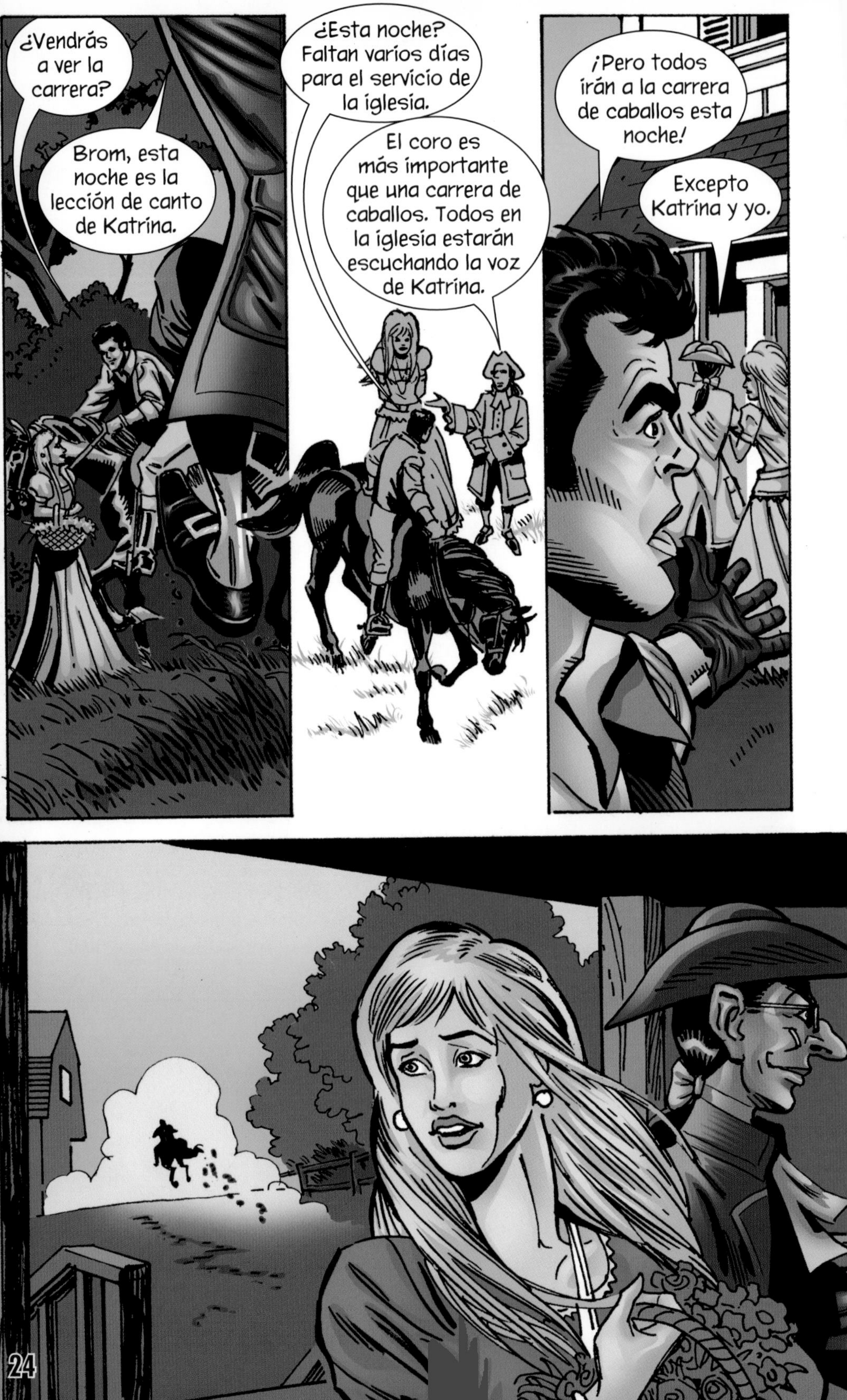
¿Vendrás a ver la carrera?
Brom, esta noche es la lección de canto de Katrina.
¿Esta noche? Faltan varios días para el servicio de la iglesia.
El coro es más importante que una carrera de caballos. Todos en la iglesia estarán escuchando la voz de Katrina.
¡Pero todos irán a la carrera de caballos esta noche!
Excepto Katrina y yo.

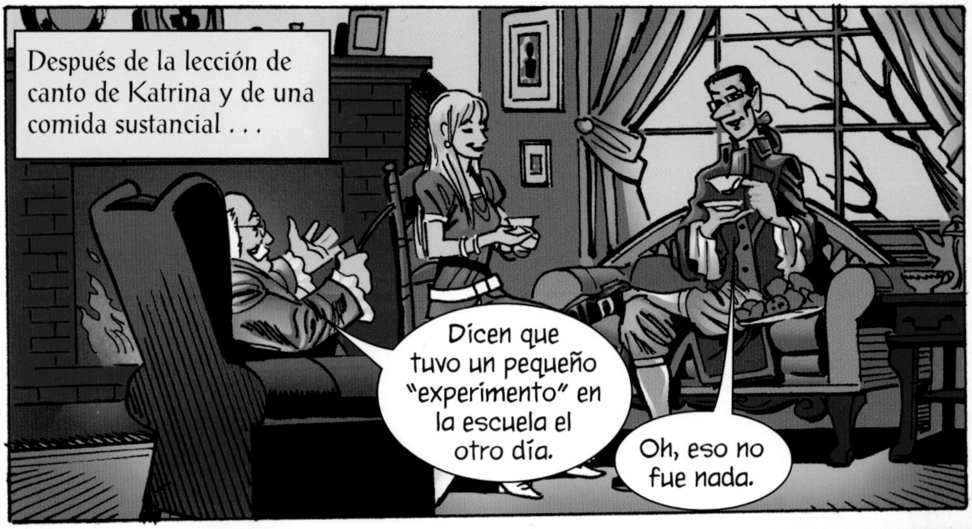
Después de la lección de canto de Katrina y de una comida sustancial . . .
Dicen que tuvo un pequeño "experimento" en la escuela el otro día.
Oh, eso no fue nada.

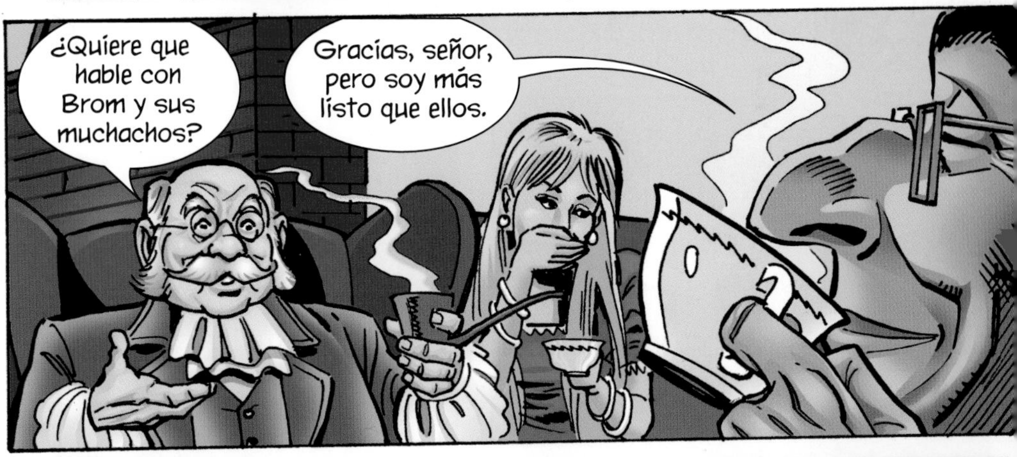
¿Quiere que hable con Brom y sus muchachos?
Gracias, señor, pero soy más listo que ellos.

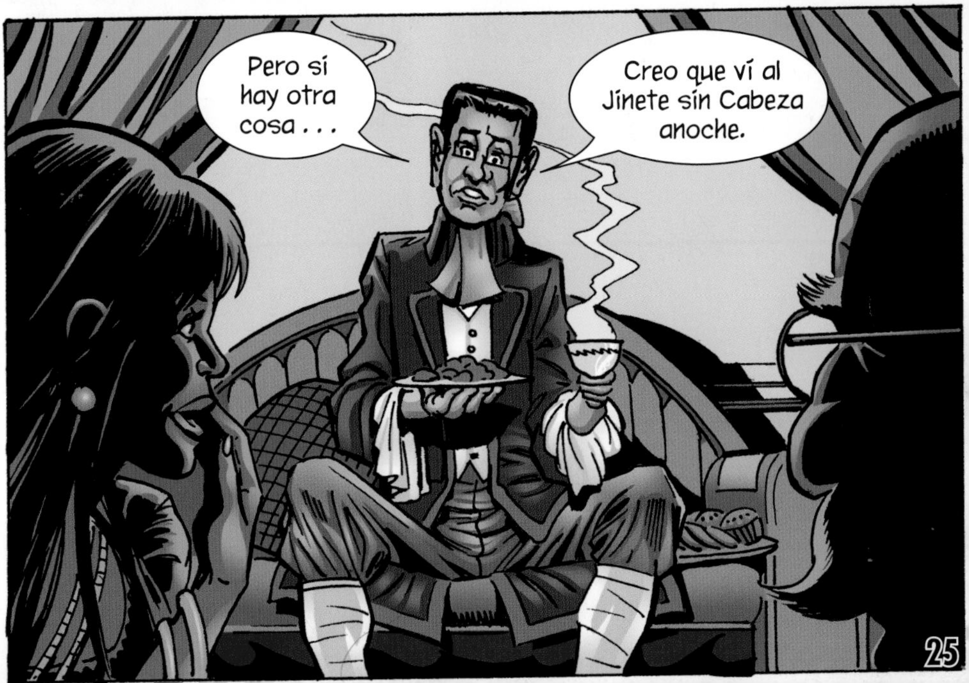
Pero si hay otra cosa . . .
Creo que ví al Jinete sin Cabeza anoche.

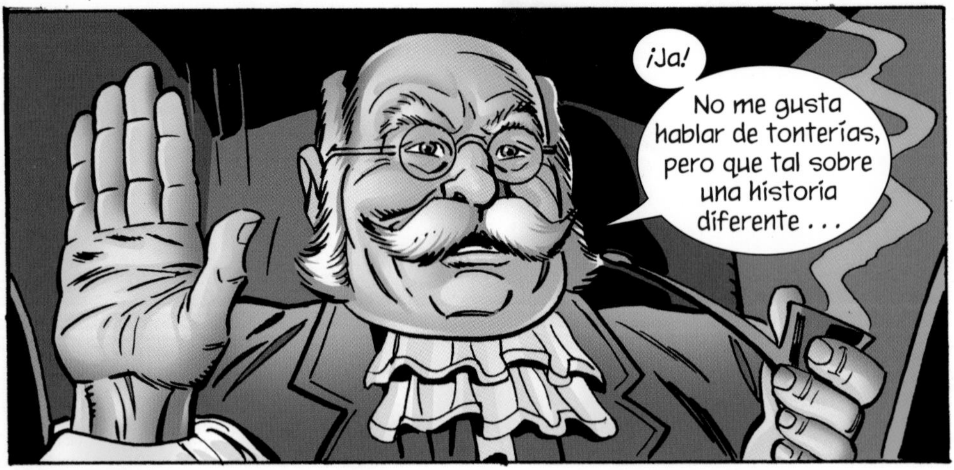
¡Ja!
No me gusta hablar de tonterías, pero que tal sobre una historia diferente . . .

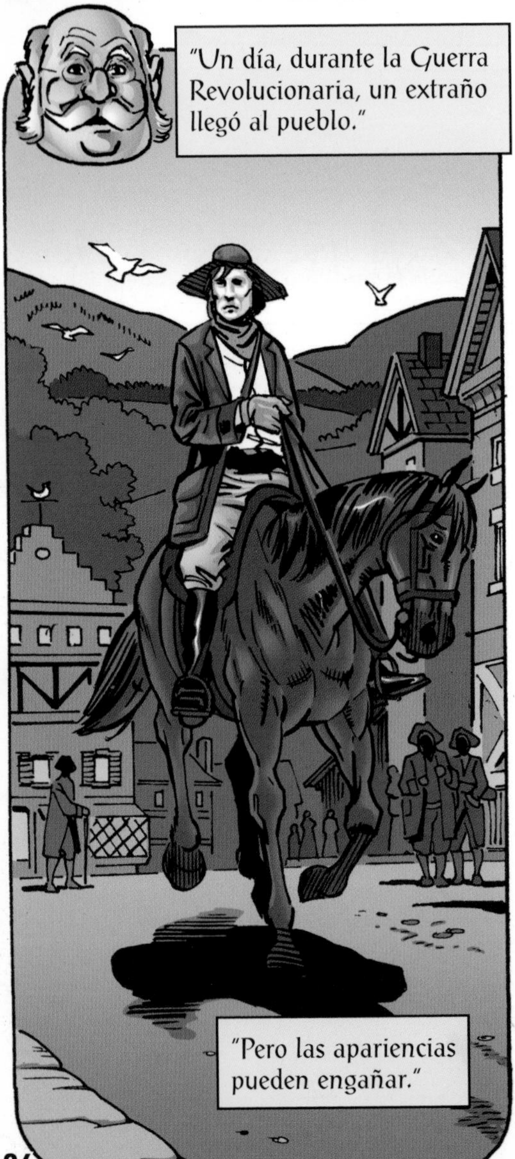
"Un día, durante la Guerra Revolucionaria, un extraño llegó al pueblo."
"Pero las apariencias pueden engañar."

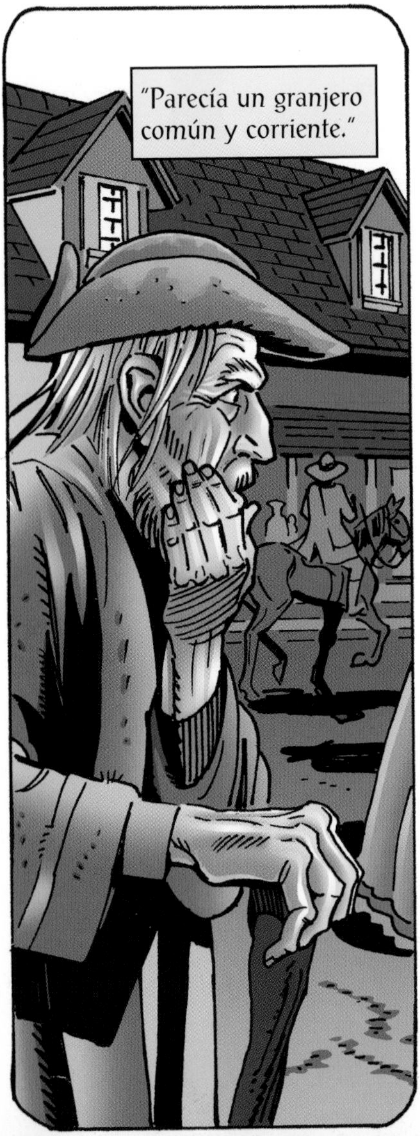
"Parecía un granjero común y corriente."

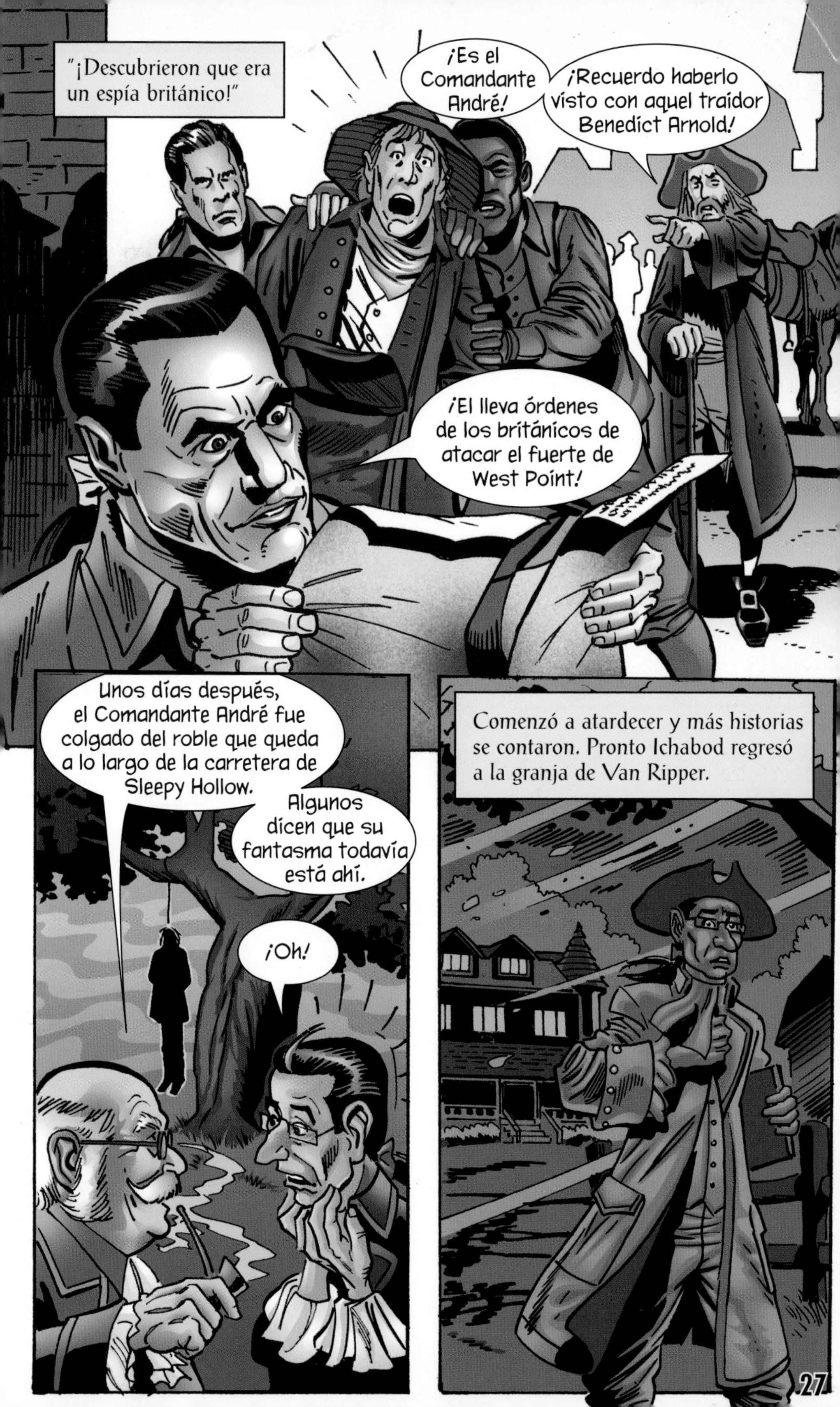

"¡Descubrieron que era un espía británico!"
¡Es el Comandante André!
¡Recuerdo haberlo visto con aquel traidor Benedict Arnold!
¡El lleva órdenes de los británicos de atacar el fuerte de West Point!
Unos días después, el Comandante André fue colgado del roble que queda a lo largo de la carretera de Sleepy Hollow.
Algunos dicen que su fantasma todavía está ahí.
¡Oh!
Comenzó a atardecer y más historias se contaron. Pronto Ichabod regresó a la granja de Van Ripper.

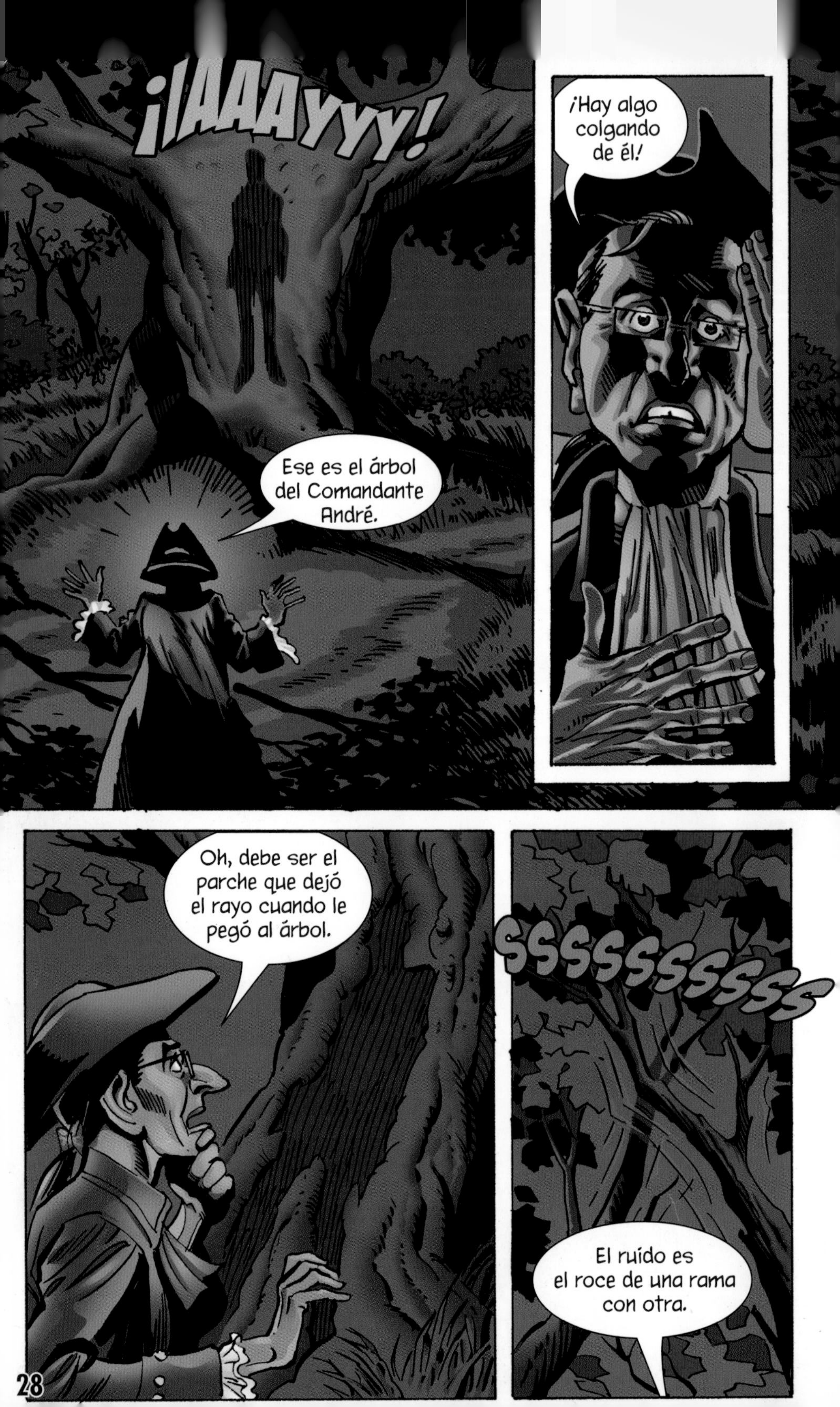
¡IAAAYYY!
¡Hay algo colgando de él!
Ese es el árbol del Comandante André.
Oh, debe ser el parche que dejó el rayo cuando le pegó al árbol.
SSSSSSSSSSS
El ruido es el roce de una rama con otra.

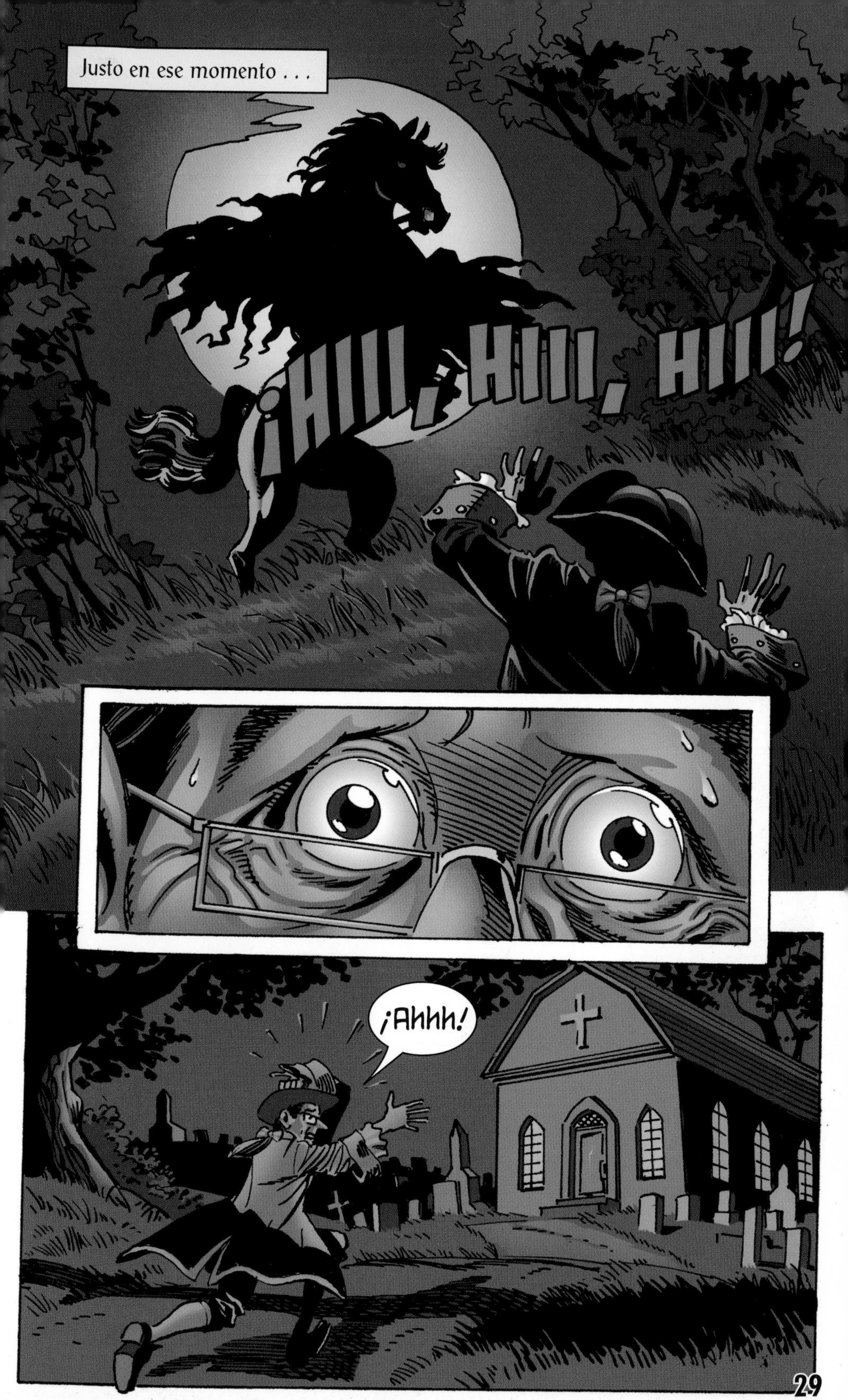

Justo en ese momento . . .
¡HIII, HIII, HIII!
¡Ahhh!

CAPÍTULO 3
LA ÚLTIMA BROMA

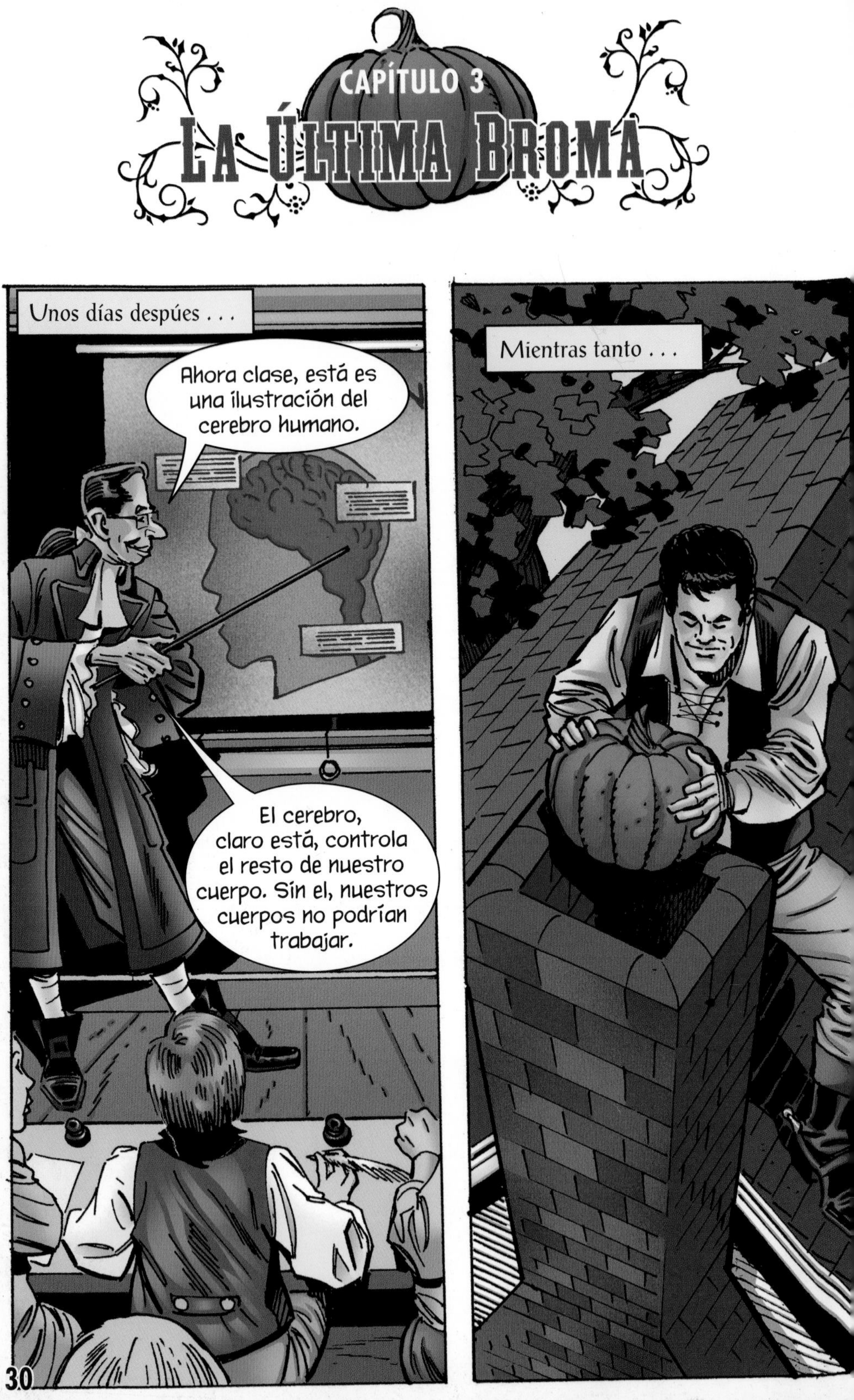
Unos días despúes . . .
Ahora clase, está es una ilustración del cerebro humano.
El cerebro, claro está, controla el resto de nuestro cuerpo. Sín el, nuestros cuerpos no podrían trabajar.
Mientras tanto . . .

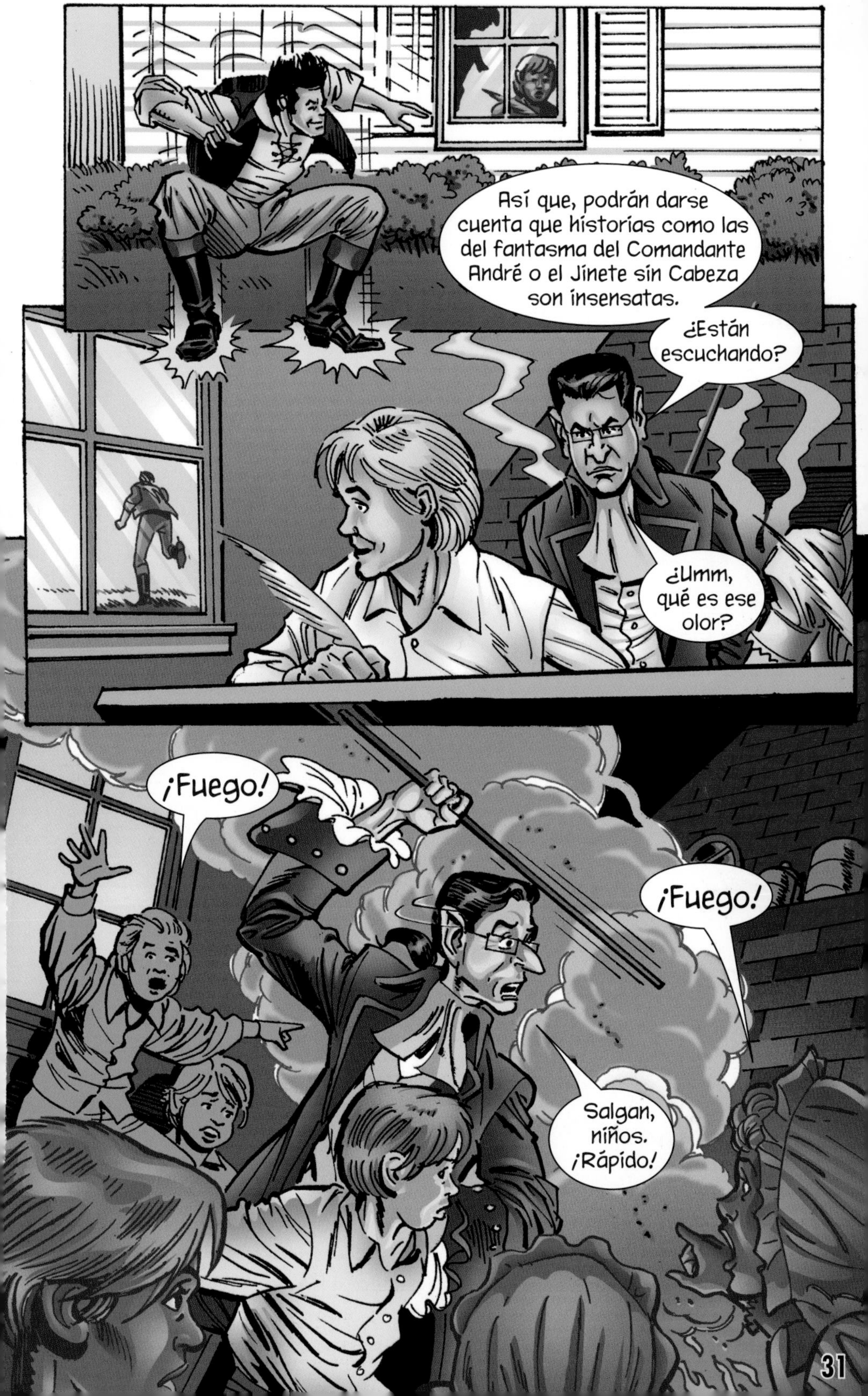
Así que, podrán darse cuenta que historias como las del fantasma del Comandante André o el Jinete sin Cabeza son insensatas.
¿Están escuchando?
¿Umm, qué es ese olor?
¡Fuego!
¡Fuego!
Salgan, niños. ¡Rápido!

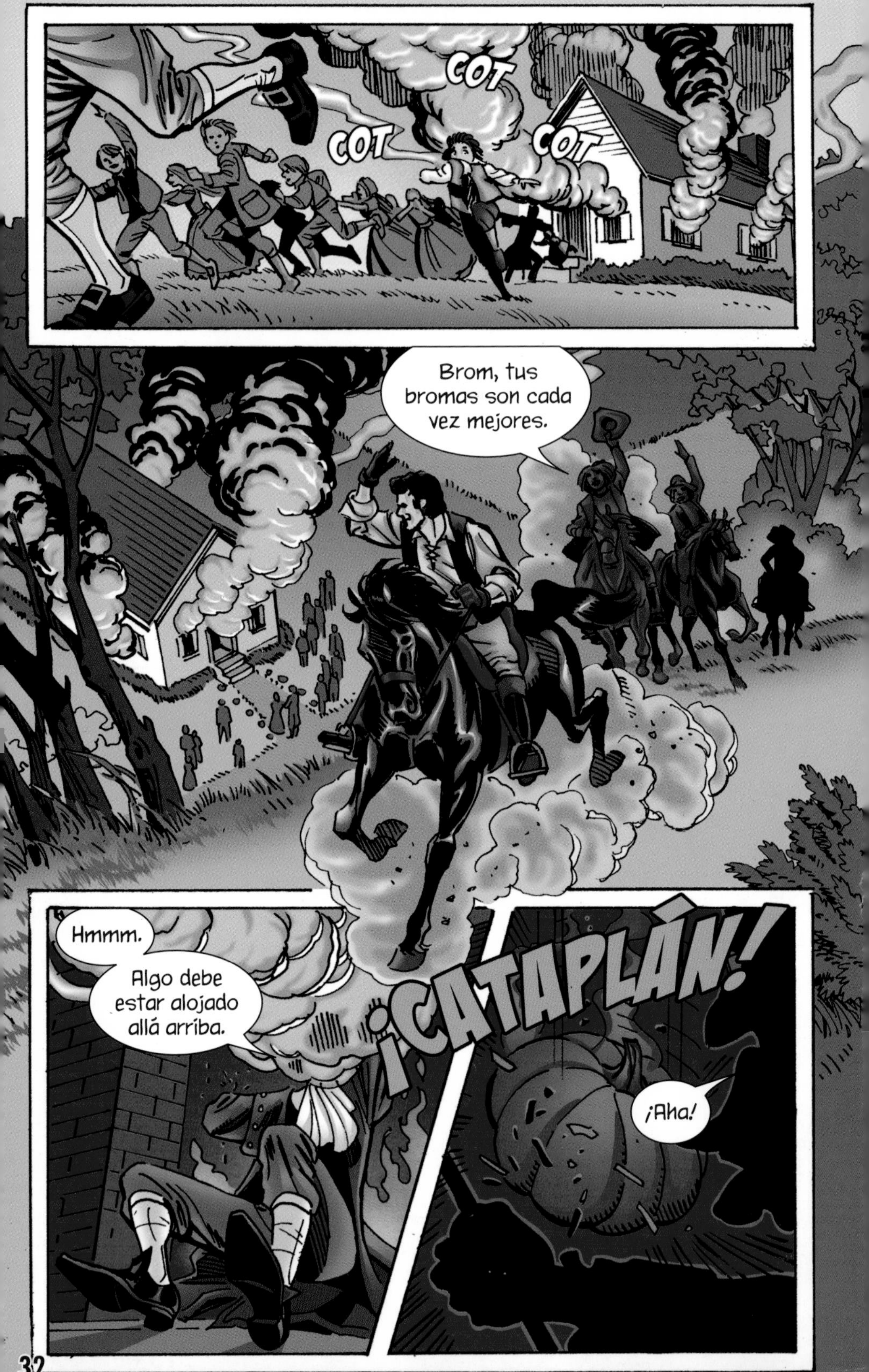
COT
COT
COT
Brom, tus bromas son cada vez mejores.
Hmmm.
Algo debe estar alojado allá arriba.
¡CATAPLÁN!
¡Aha!

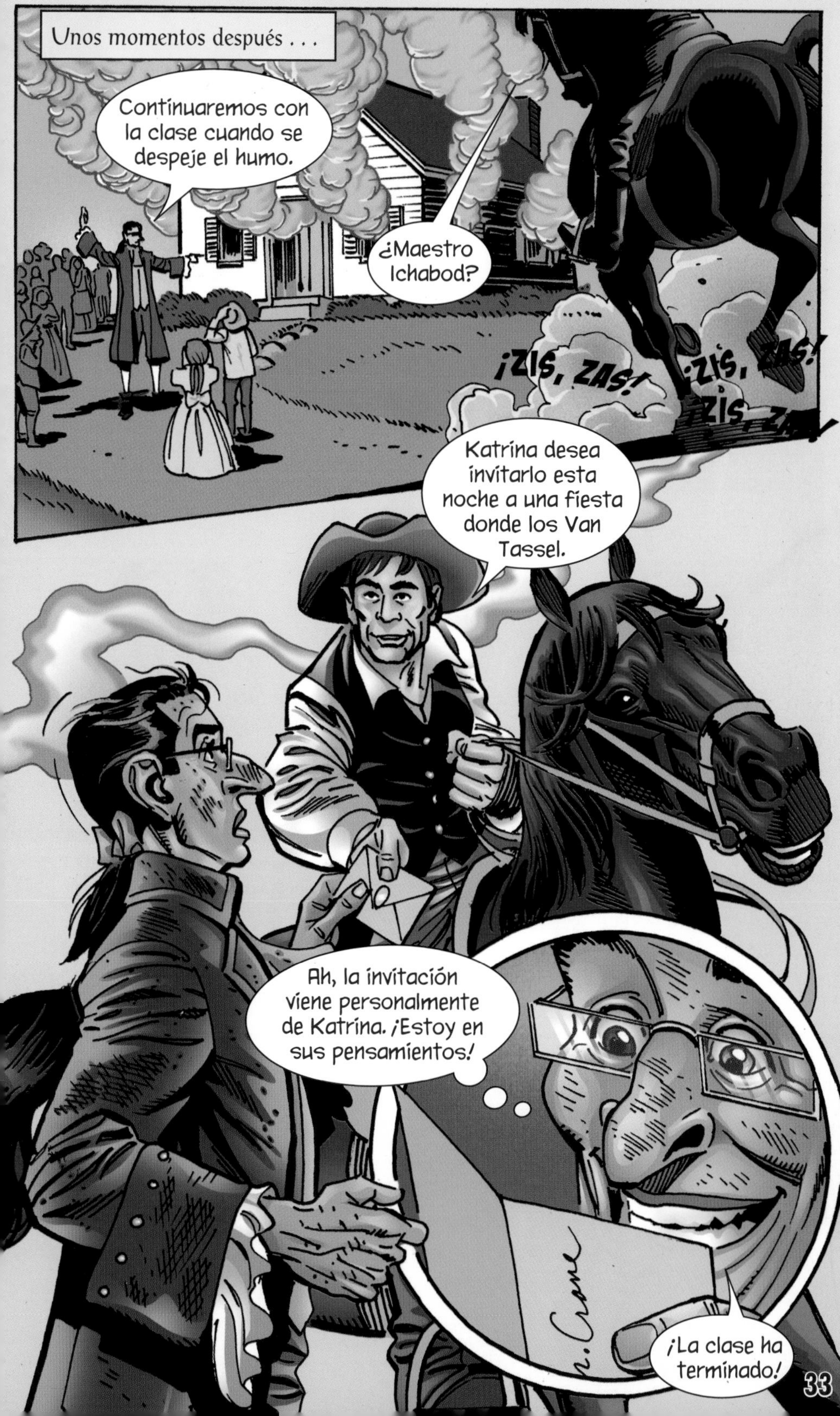
Unos momentos después . . .
Continuaremos con la clase cuando se despeje el humo.
¿Maestro Ichabod?
¡ZIS, ZAS! ¡ZIS, ZAS! ¡ZIS, ZAS!
Katrina desea invitarlo esta noche a una fiesta donde los Van Tassel.
Ah, la invitación viene personalmente de Katrina. ¡Estoy en sus pensamientos!
¡La clase ha terminado!

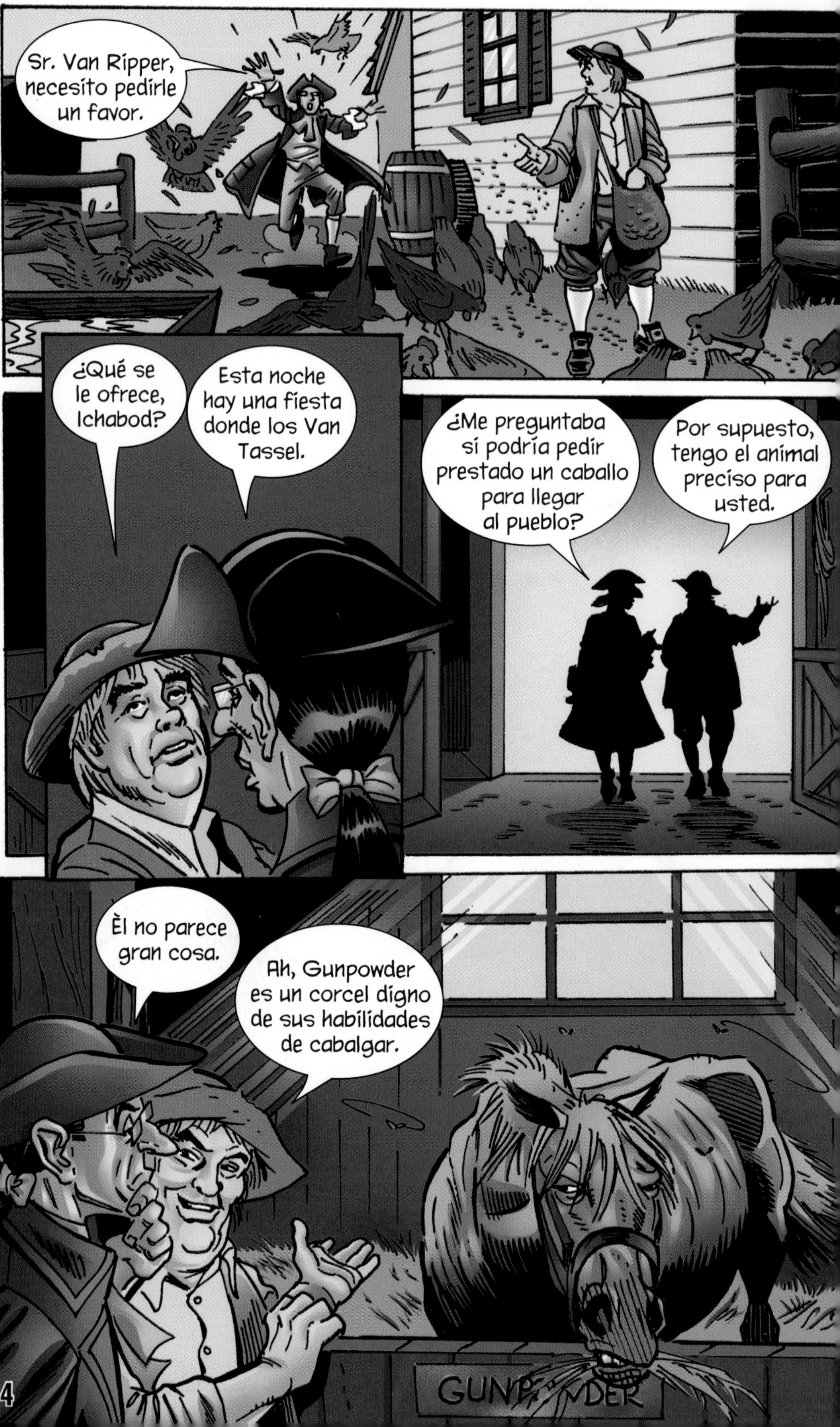
Sr. Van Ripper, necesito pedirle un favor.
¿Qué se le ofrece, Ichabod?
Esta noche hay una fiesta donde los Van Tassel.
¿Me preguntaba si podría pedir prestado un caballo para llegar al pueblo?
Por supuesto, tengo el animal preciso para usted.
Èl no parece gran cosa.
Ah, Gunpowder es un corcel digno de sus habilidades de cabalgar.
GUNP NDER

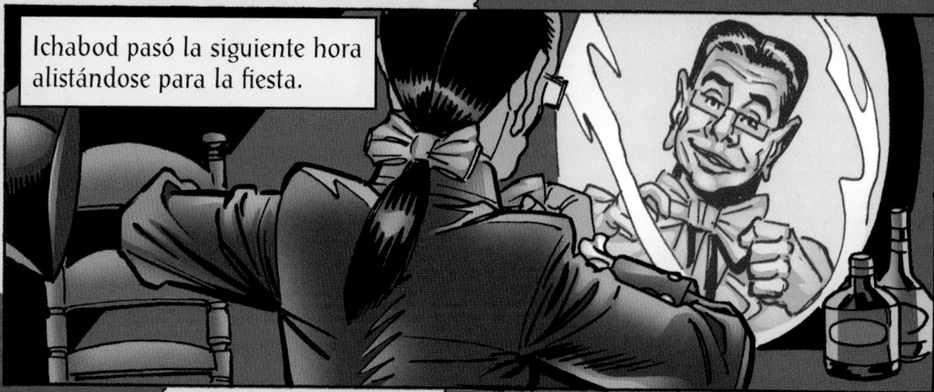
Ichabod pasó la siguiente hora alistándose para la fiesta.

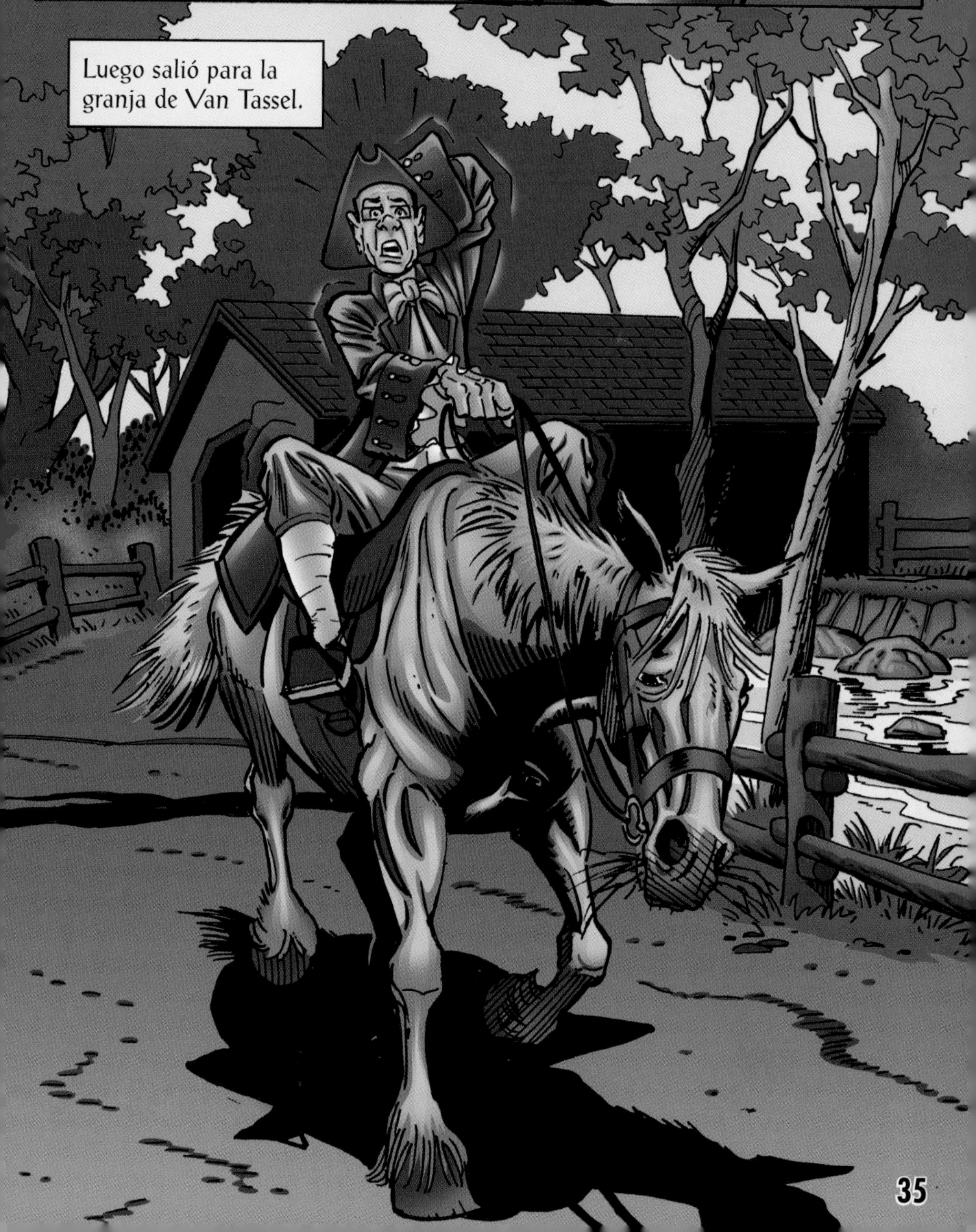
Luego salió para la granja de Van Tassel.

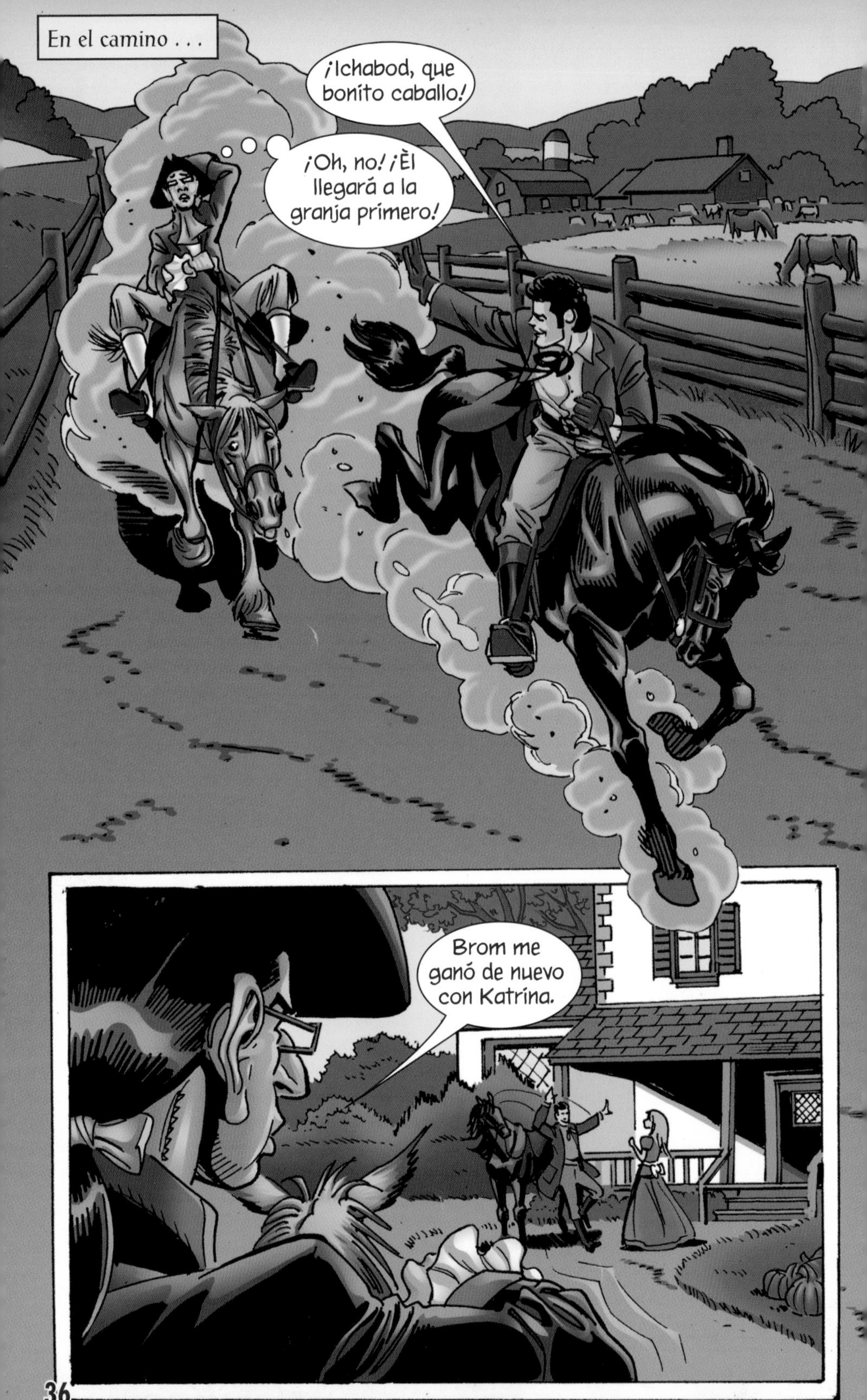
En el camino . . .
¡Ichabod, que bonito caballo!
¡Oh, no! ¡Èl llegará a la granja primero!
Brom me ganó de nuevo con Katrina.

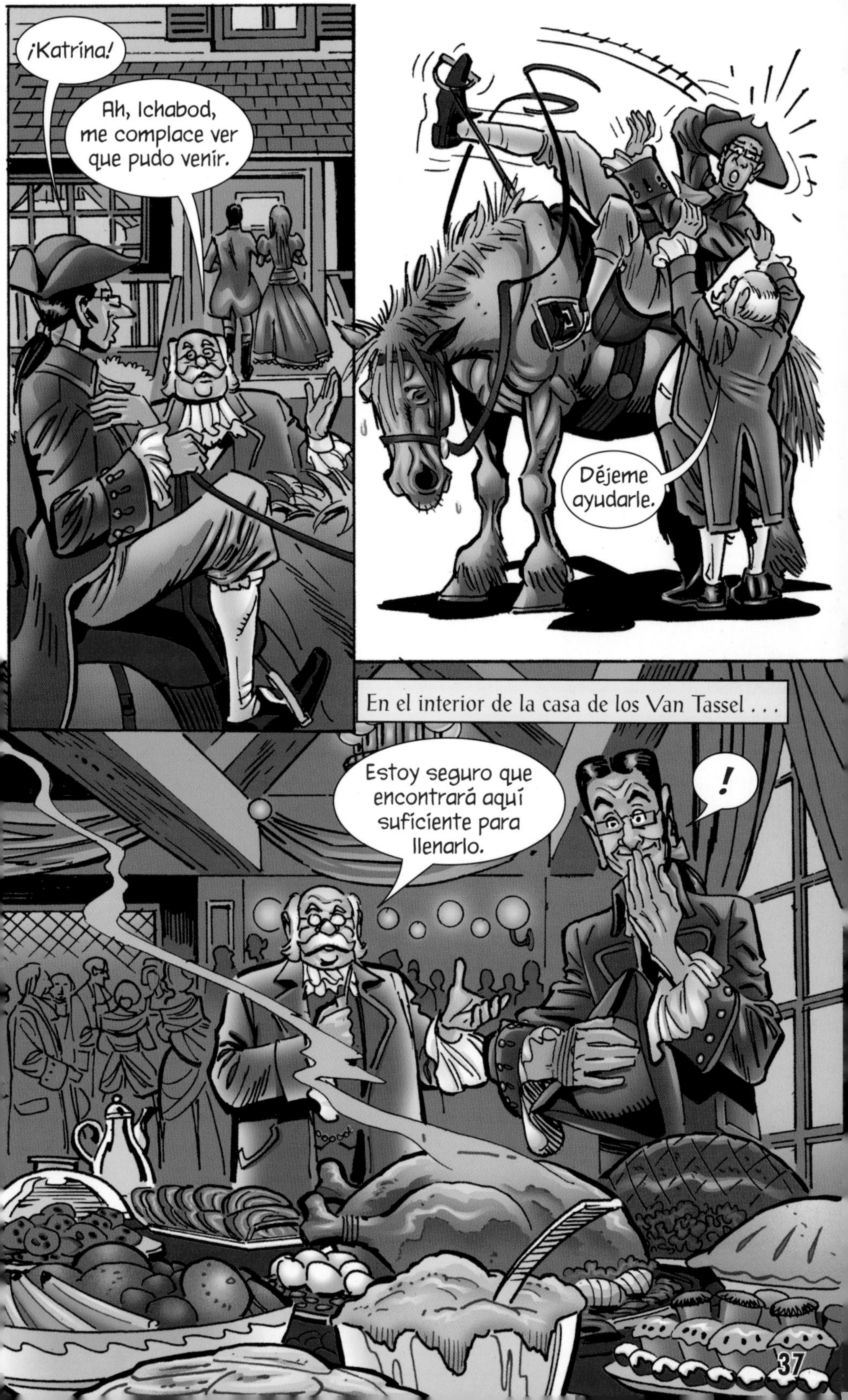
¡Katrina!
Ah, Ichabod, me complace ver que pudo venir.
Déjeme ayudarle.
En el interior de la casa de los Van Tassel . . .
Estoy seguro que encontrará aquí suficiente para llenarlo.
!

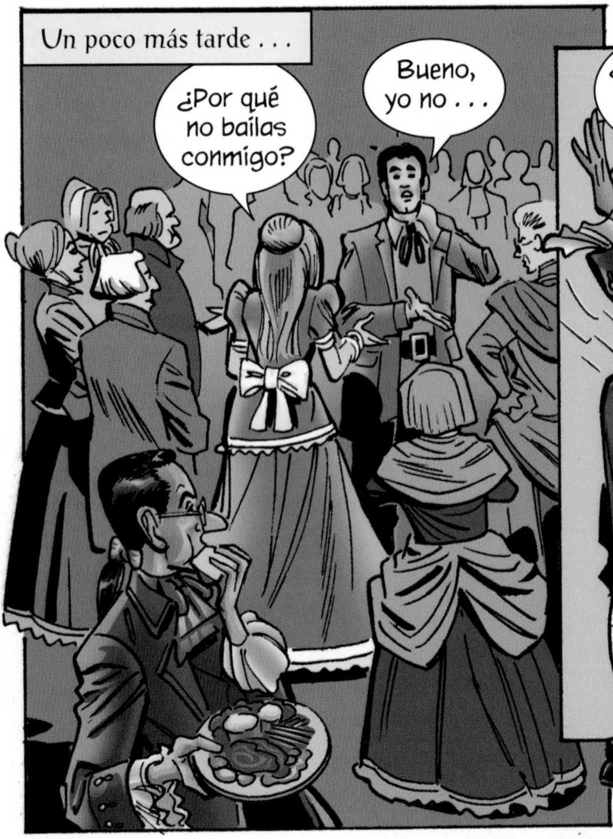
Un poco más tarde . . .
¿Por qué no bailas conmigo?
Bueno, yo no . . .

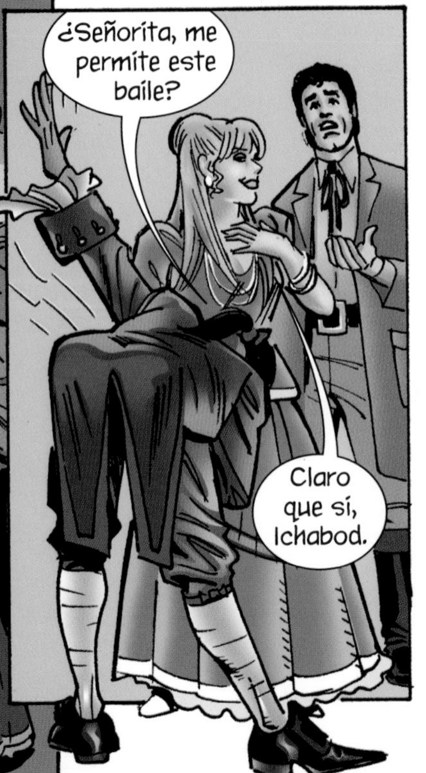
¿Señorita, me permite este baile?
Claro que sí, Ichabod.

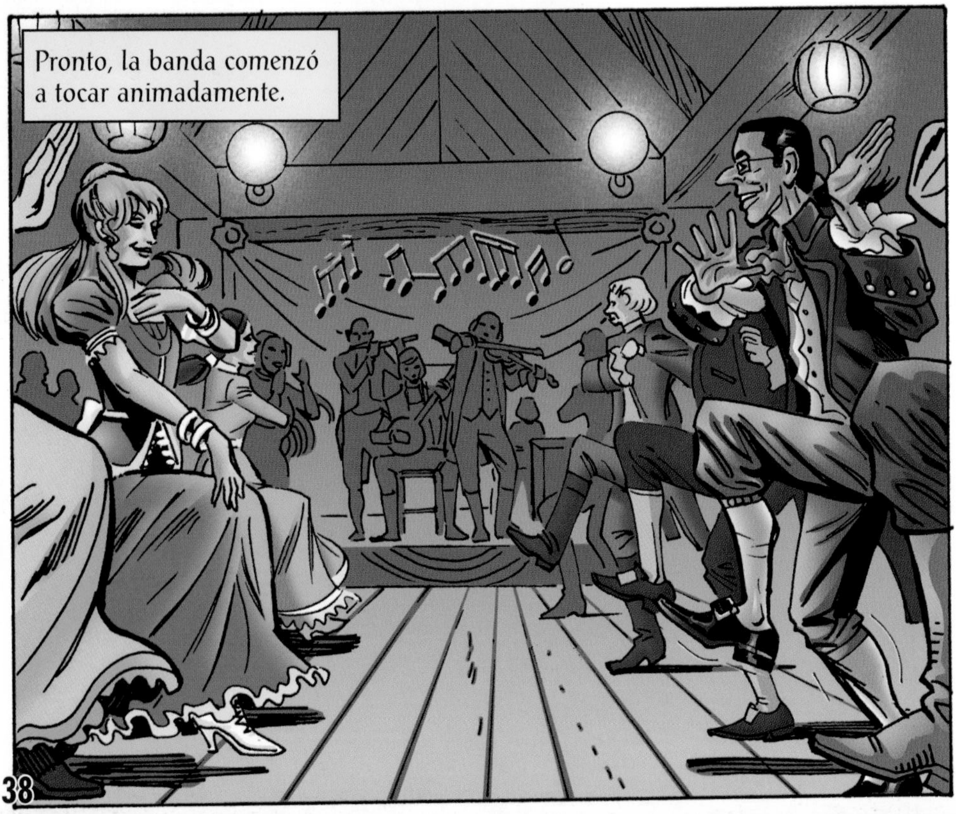
Pronto, la banda comenzó a tocar animadamente.

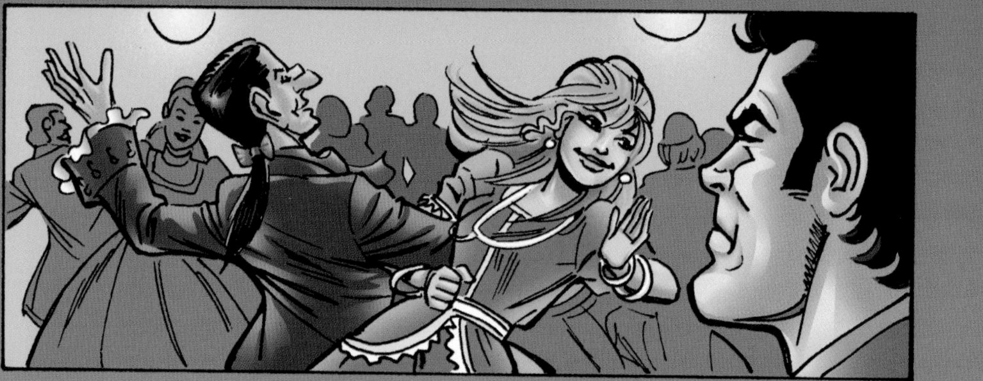

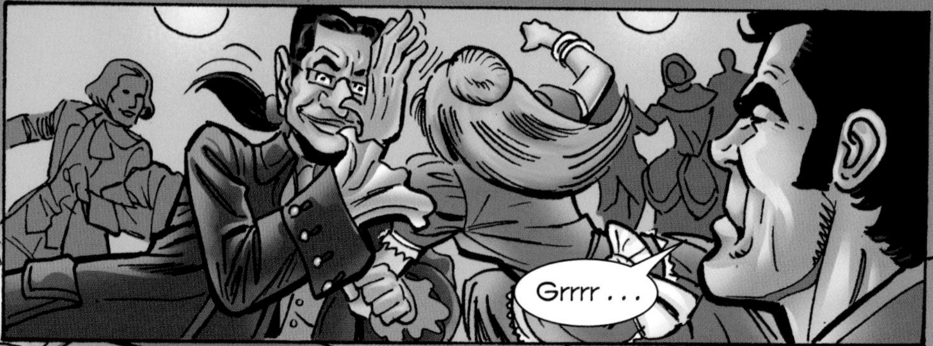
Grrrr . . .

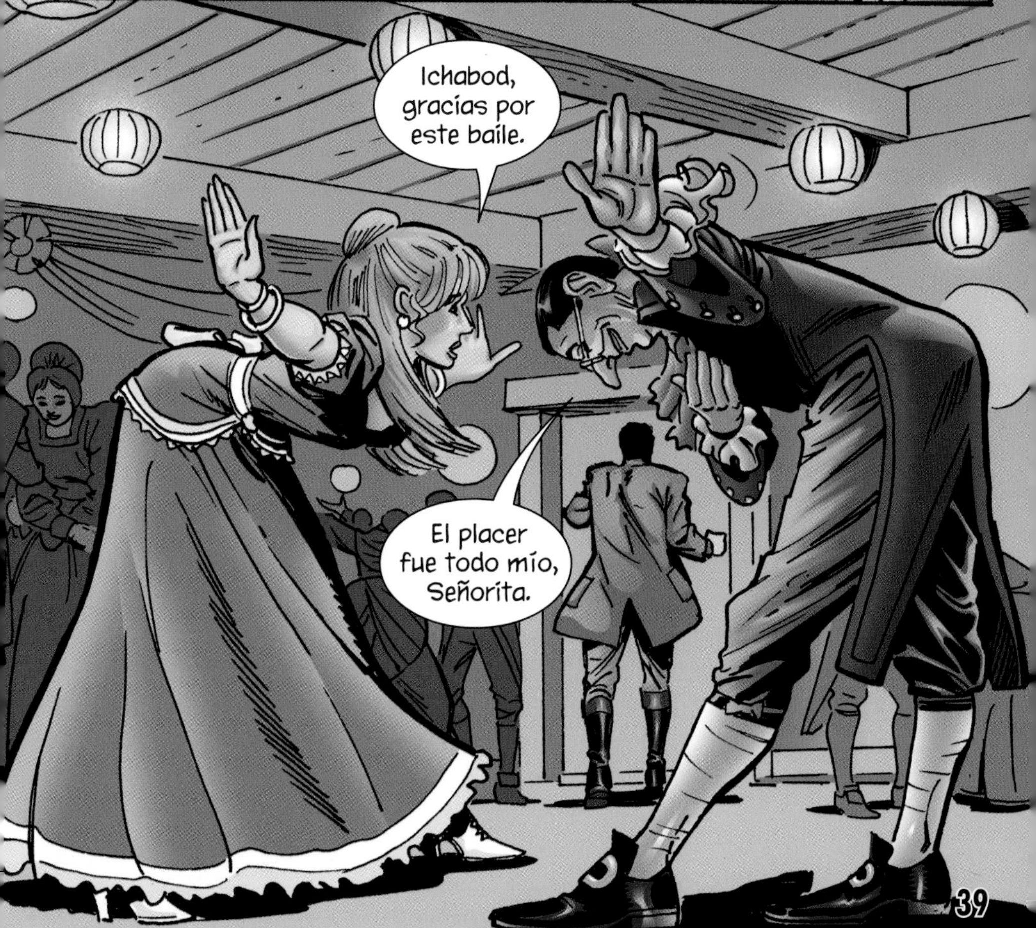
Ichabod, gracias por este baile.
El placer fue todo mío, Señorita.

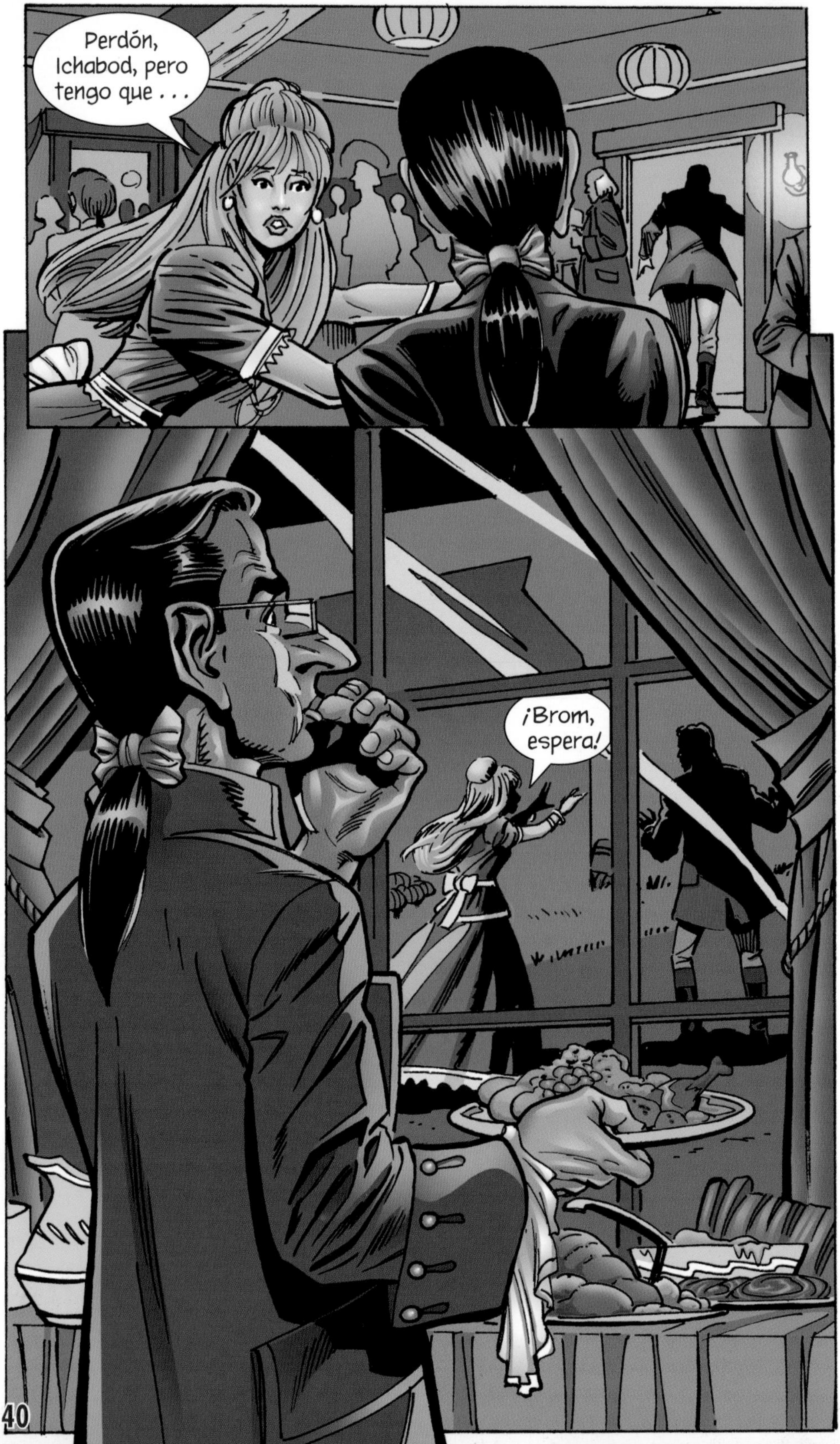
Perdón, Ichabod, pero tengo que . . .
¡Brom, espera!

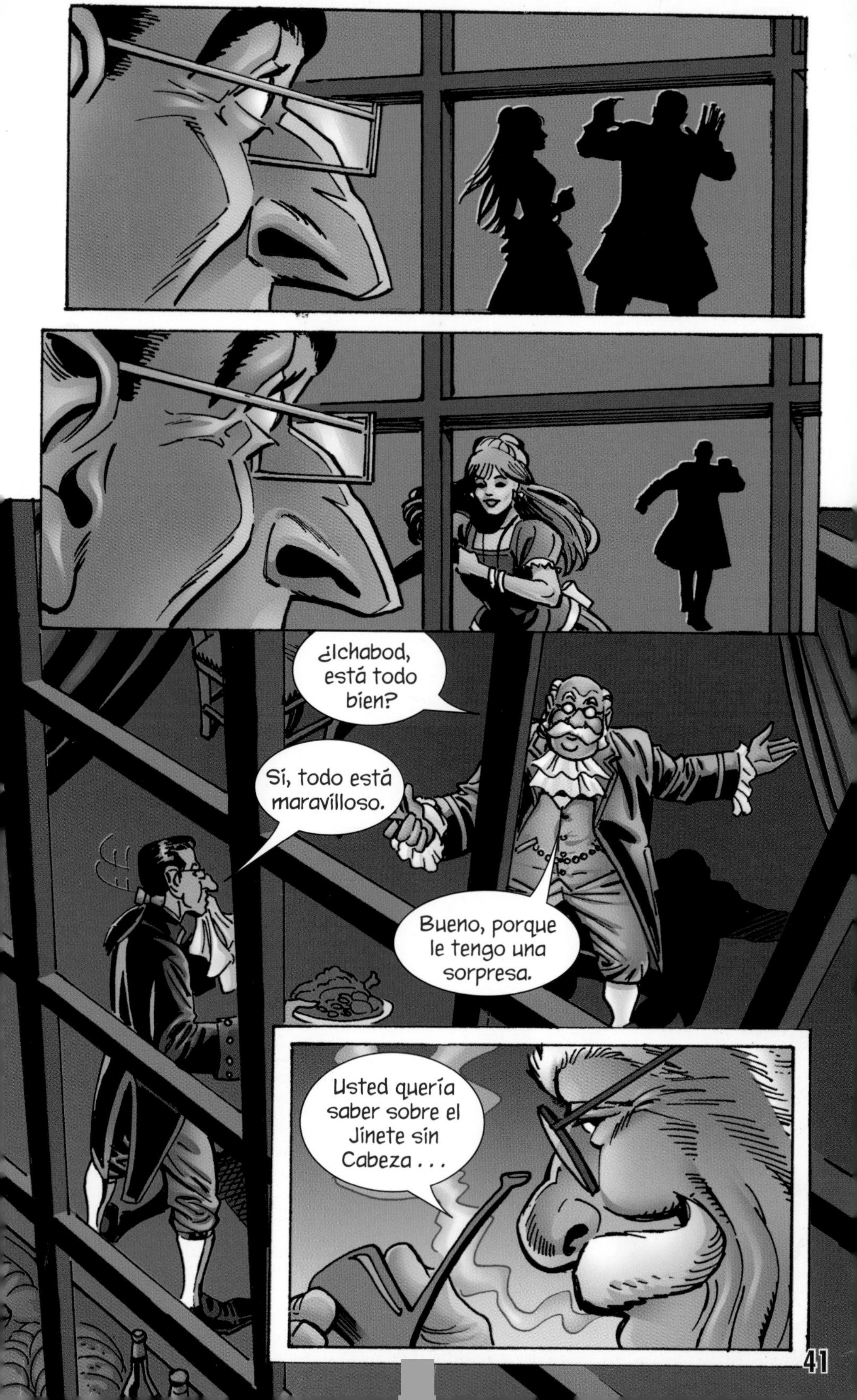
¿Ichabod, está todo bien?
Sí, todo está maravilloso.
Bueno, porque le tengo una sorpresa.
Usted quería saber sobre el Jinete sin Cabeza . . .

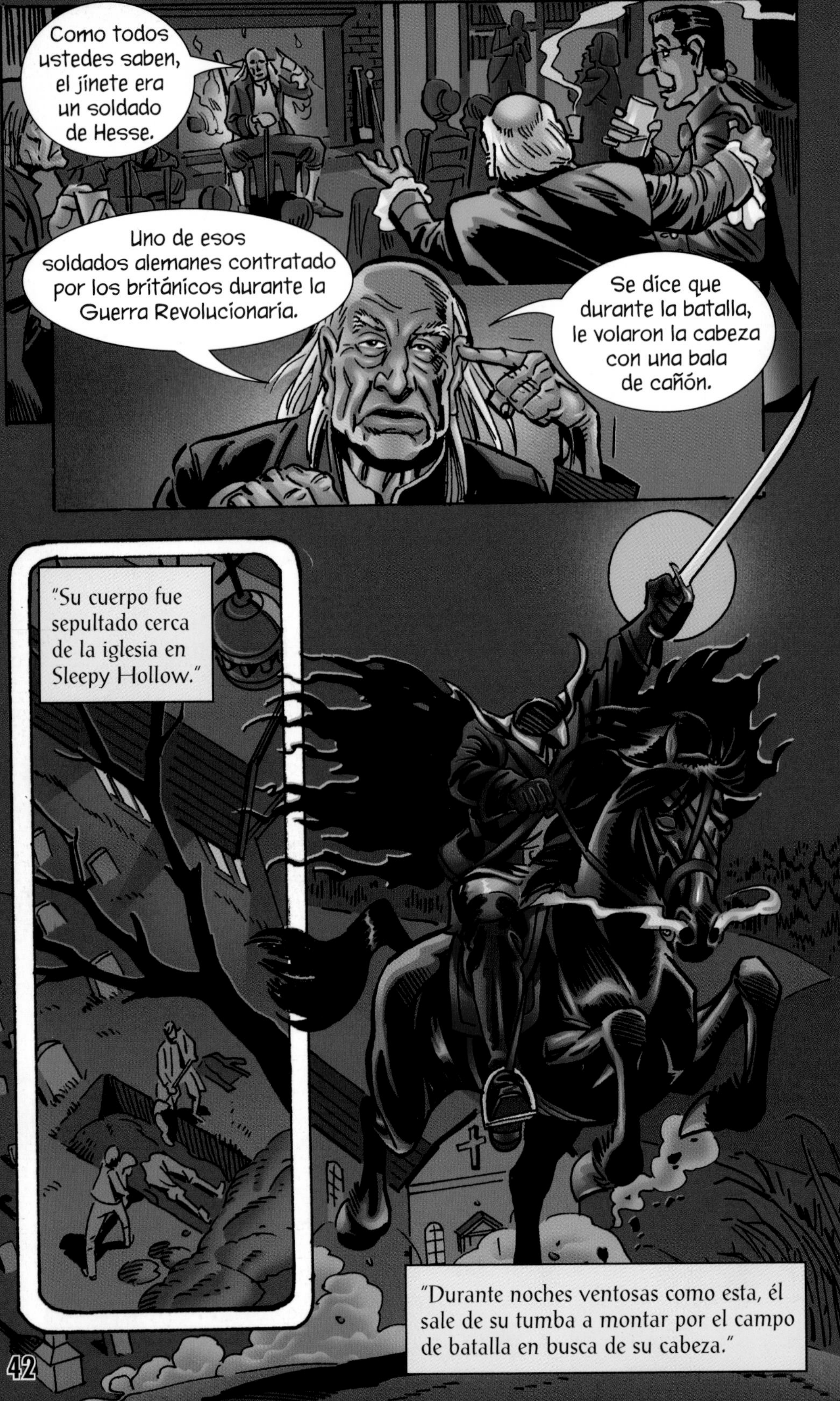

Como todos ustedes saben, el jinete era un soldado de Hesse.
Uno de esos soldados alemanes contratado por los británicos durante la Guerra Revolucionaria.
Se dice que durante la batalla, le volaron la cabeza con una bala de cañón.
"Su cuerpo fue sepultado cerca de la iglesia en Sleepy Hollow."
"Durante noches ventosas como esta, él sale de su tumba a montar por el campo de batalla en busca de su cabeza."

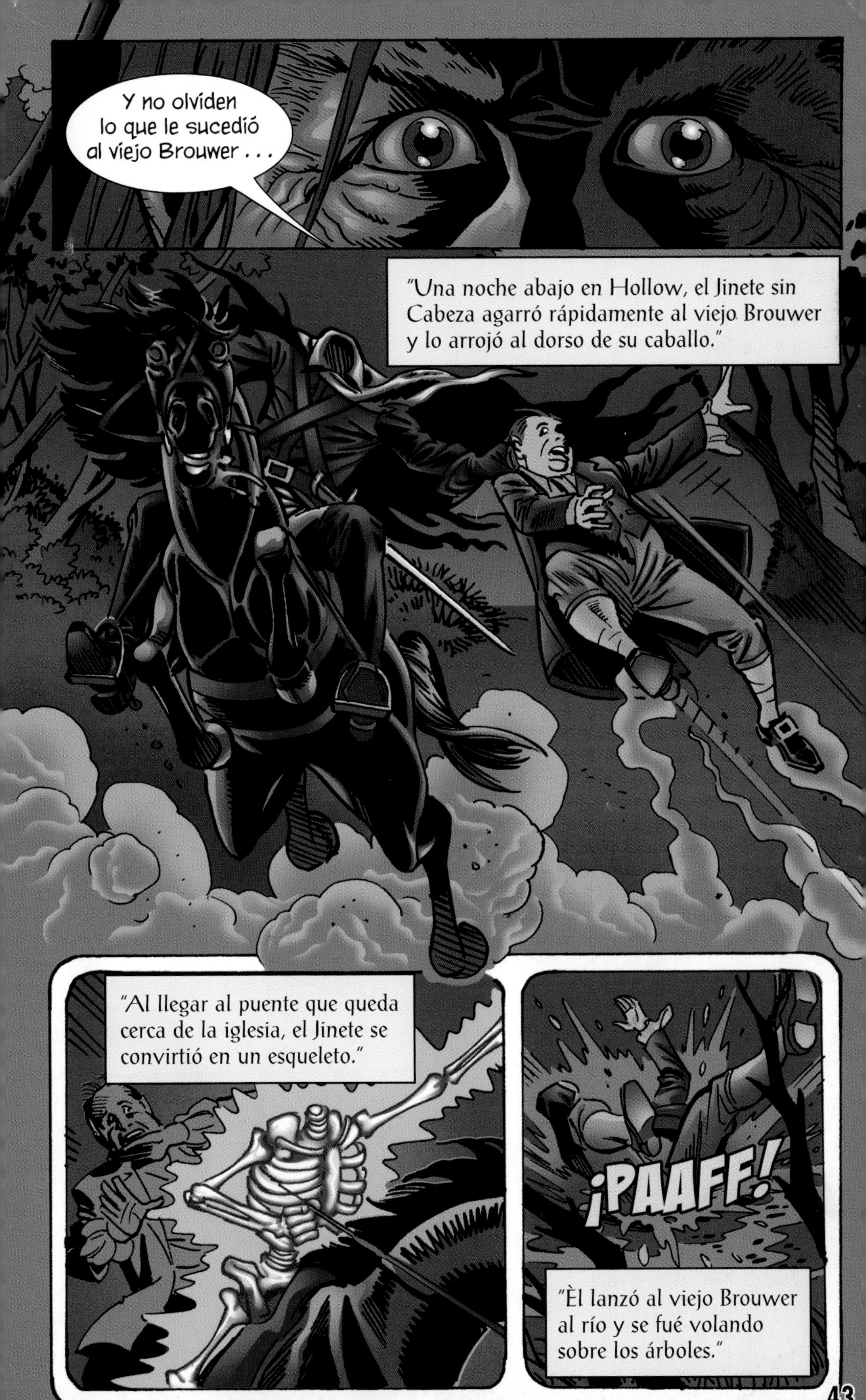
Y no olviden lo que le sucedió al viejo Brouwer . . .
"Una noche abajo en Hollow, el Jinete sin Cabeza agarró rápidamente al viejo Brouwer y lo arrojó al dorso de su caballo."
"Al llegar al puente que queda cerca de la iglesia, el Jinete se convirtió en un esqueleto."
¡PAAFF!
"Èl lanzó al viejo Brouwer al río y se fué volando sobre los árboles."

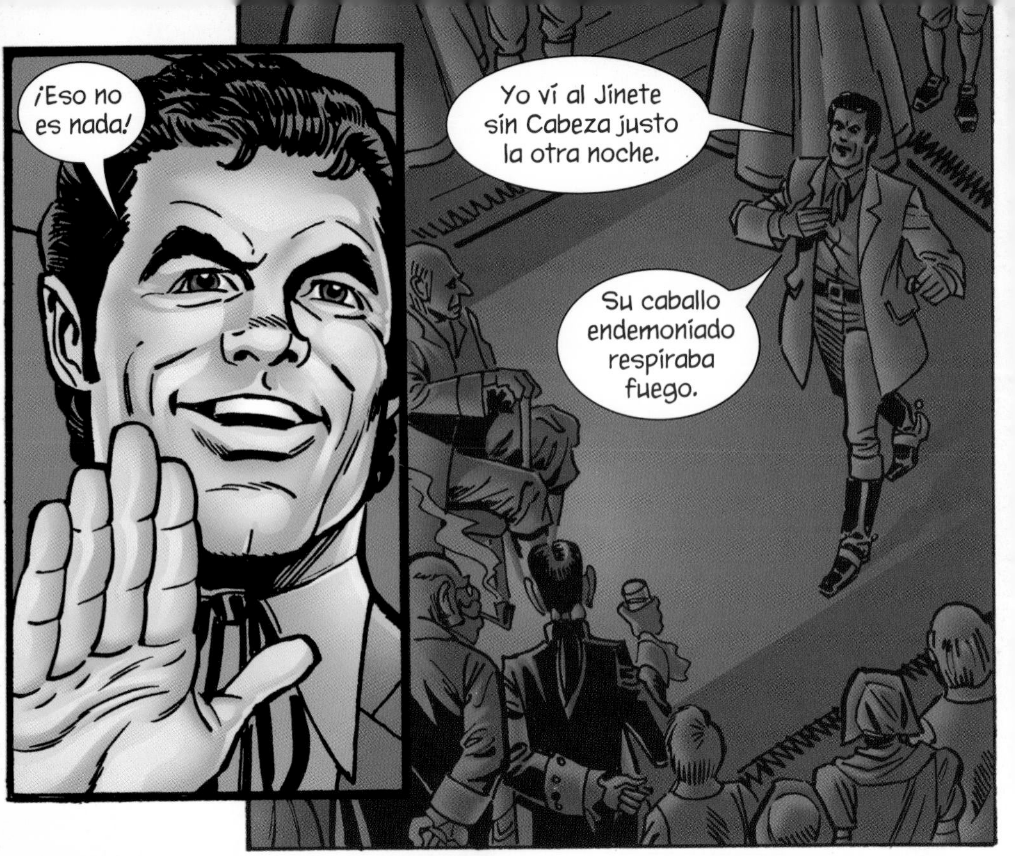
¡Eso no es nada!
Yo ví al Jinete sin Cabeza justo la otra noche.
Su caballo endemoniado respiraba fuego.

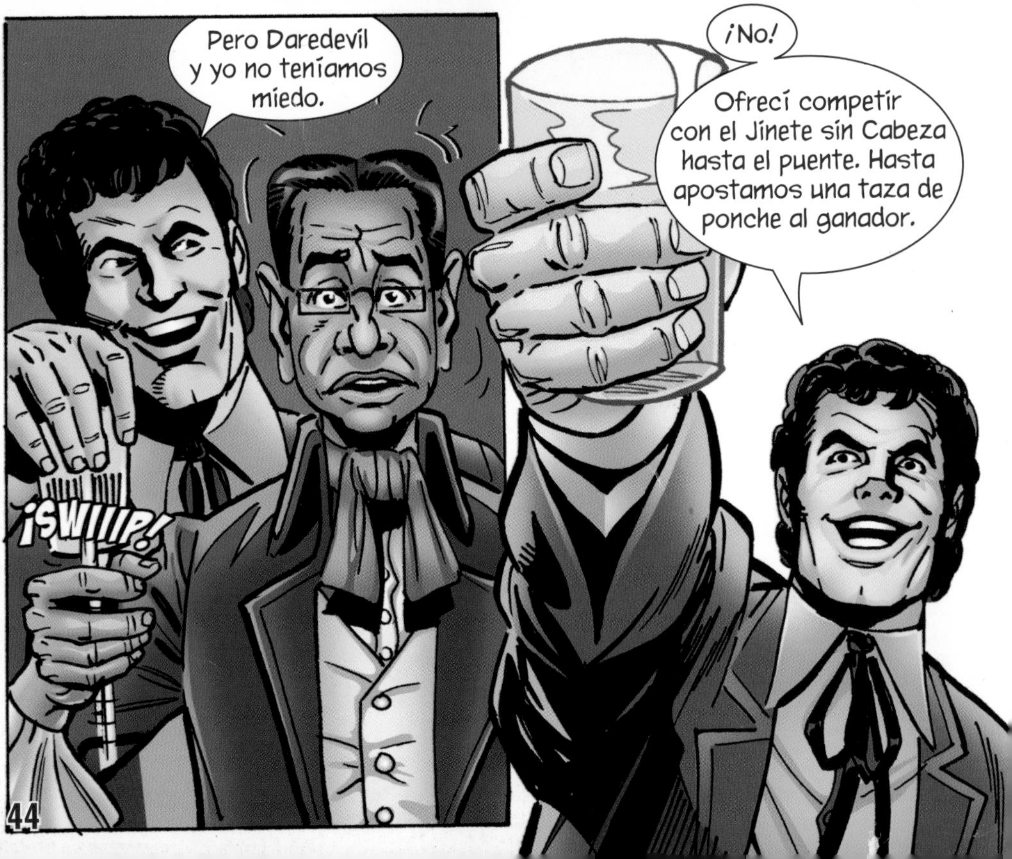
Pero Daredevil y yo no teníamos miedo.
¡No!
Ofrecí competir con el Jinete sin Cabeza hasta el puente. Hasta apostamos una taza de ponche al ganador.
¡SWIIIP!

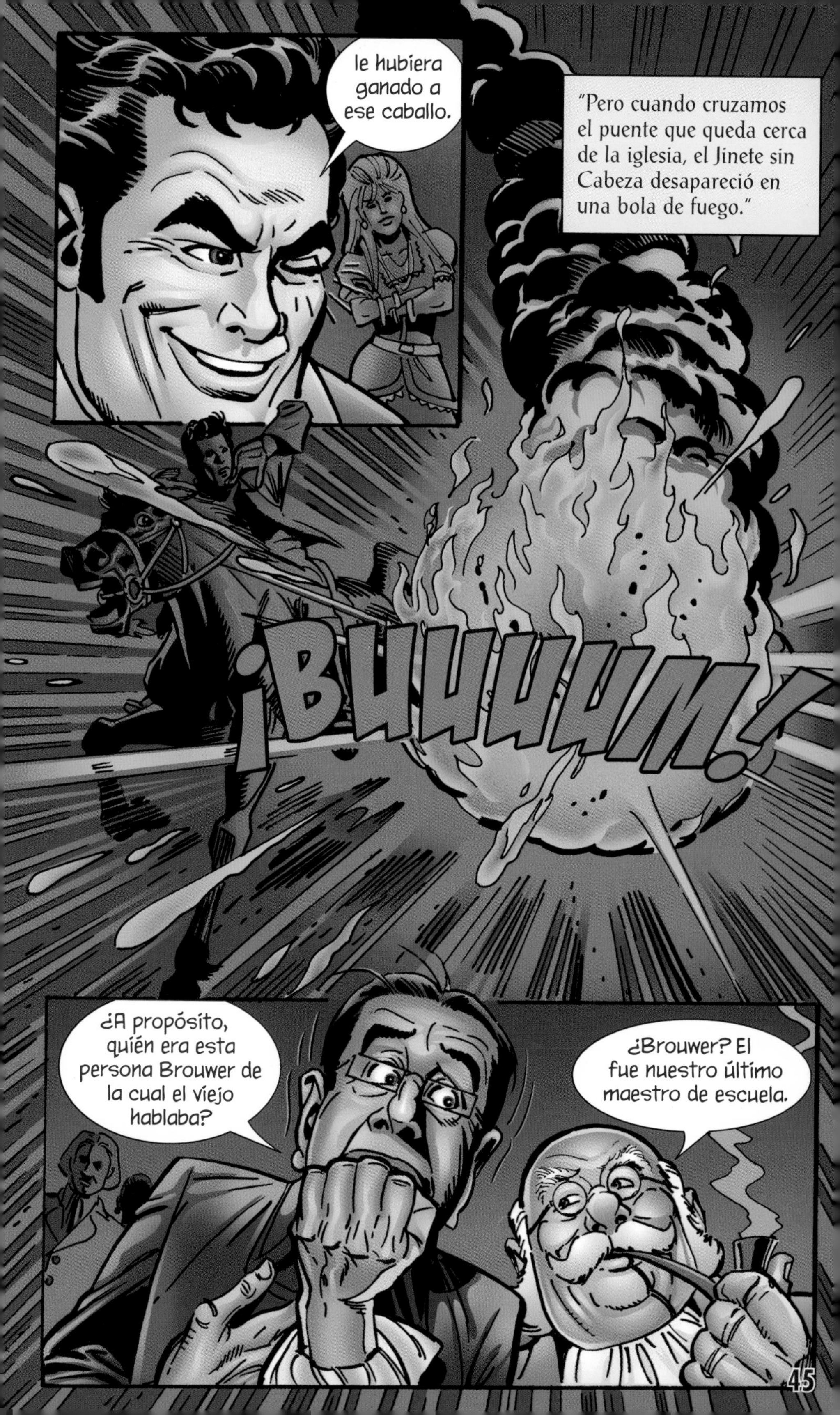

le hubiera ganado a ese caballo.
"Pero cuando cruzamos el puente que queda cerca de la iglesia, el Jinete sin Cabeza desapareció en una bola de fuego."
¡BUUUUM!
¿A propósito, quién era esta persona Brouwer de la cual el viejo hablaba?
¿Brouwer? El fue nuestro último maestro de escuela.

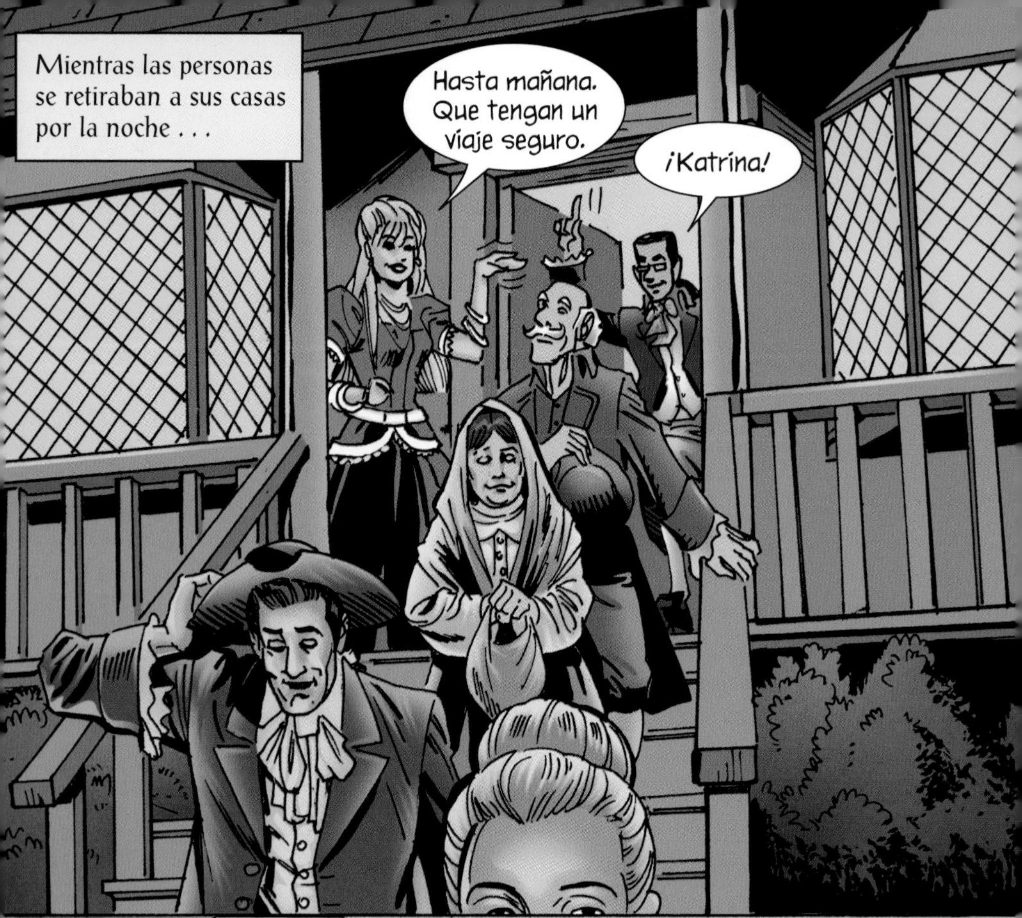
Mientras las personas se retiraban a sus casas por la noche . . .
Hasta mañana. Que tengan un viaje seguro.
¡Katrina!

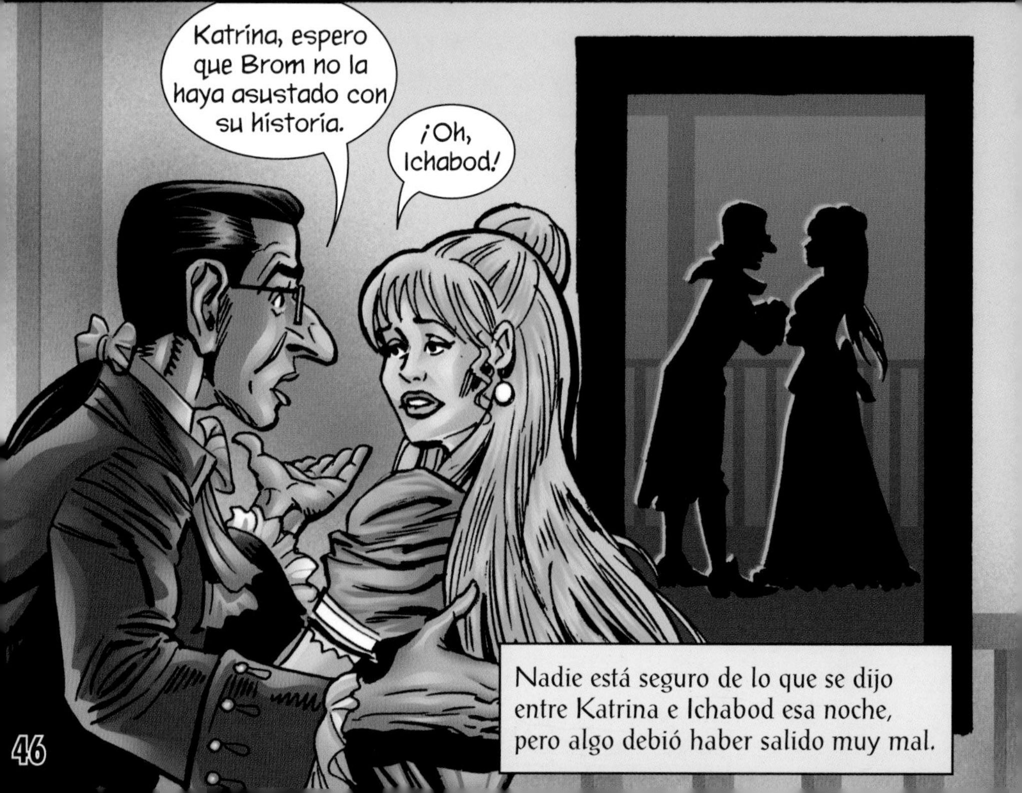
Katrina, espero que Brom no la haya asustado con su historia.
¡Oh, Ichabod!
Nadie está seguro de lo que se dijo entre Katrina e Ichabod esa noche, pero algo debió haber salido muy mal.

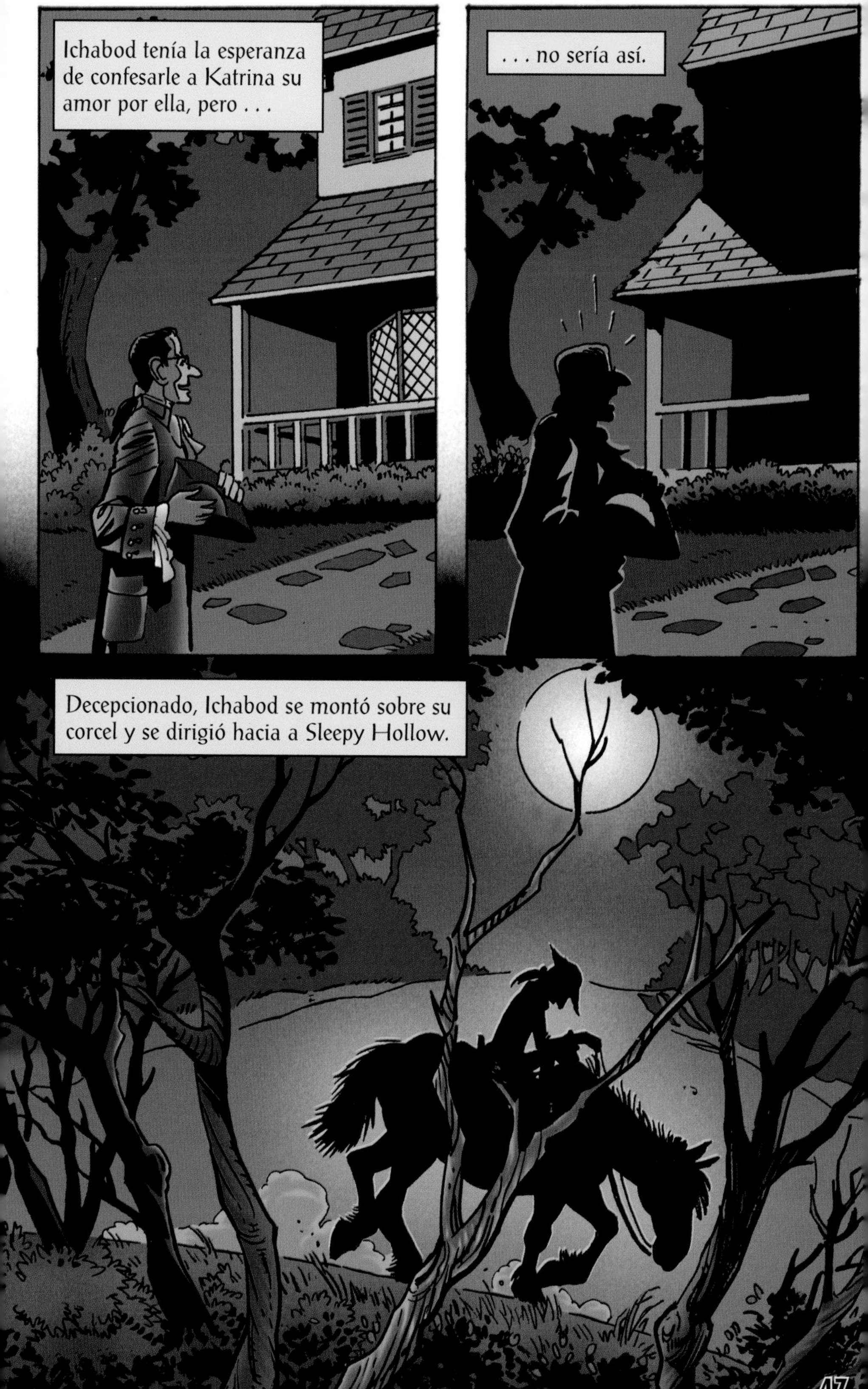
Ichabod tenía la esperanza de confesarle a Katrina su amor por ella, pero . . .
. . . no sería así.
Decepcionado, Ichabod se montó sobre su corcel y se dirigió hacia a Sleepy Hollow.

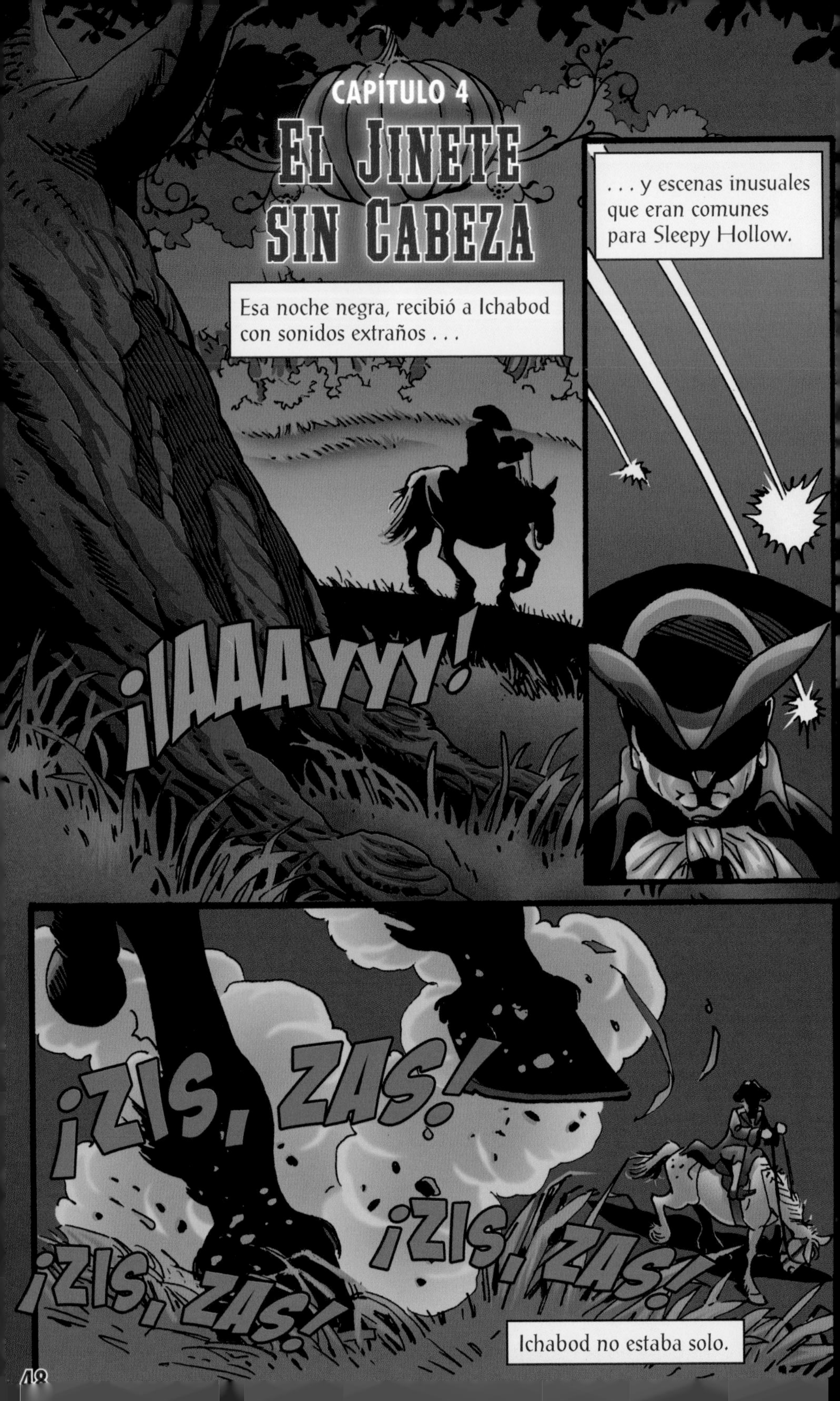
CAPÍTULO 4
EL JINETE SIN CABEZA
Esa noche negra, recibió a Ichabod con sonidos extraños . . .
. . . y escenas inusuales que eran comunes para Sleepy Hollow.
¡IAAAYYY!
¡ZIS, ZAS!
¡ZIS, ZAS!
¡ZIS, ZAS!
Ichabod no estaba solo.

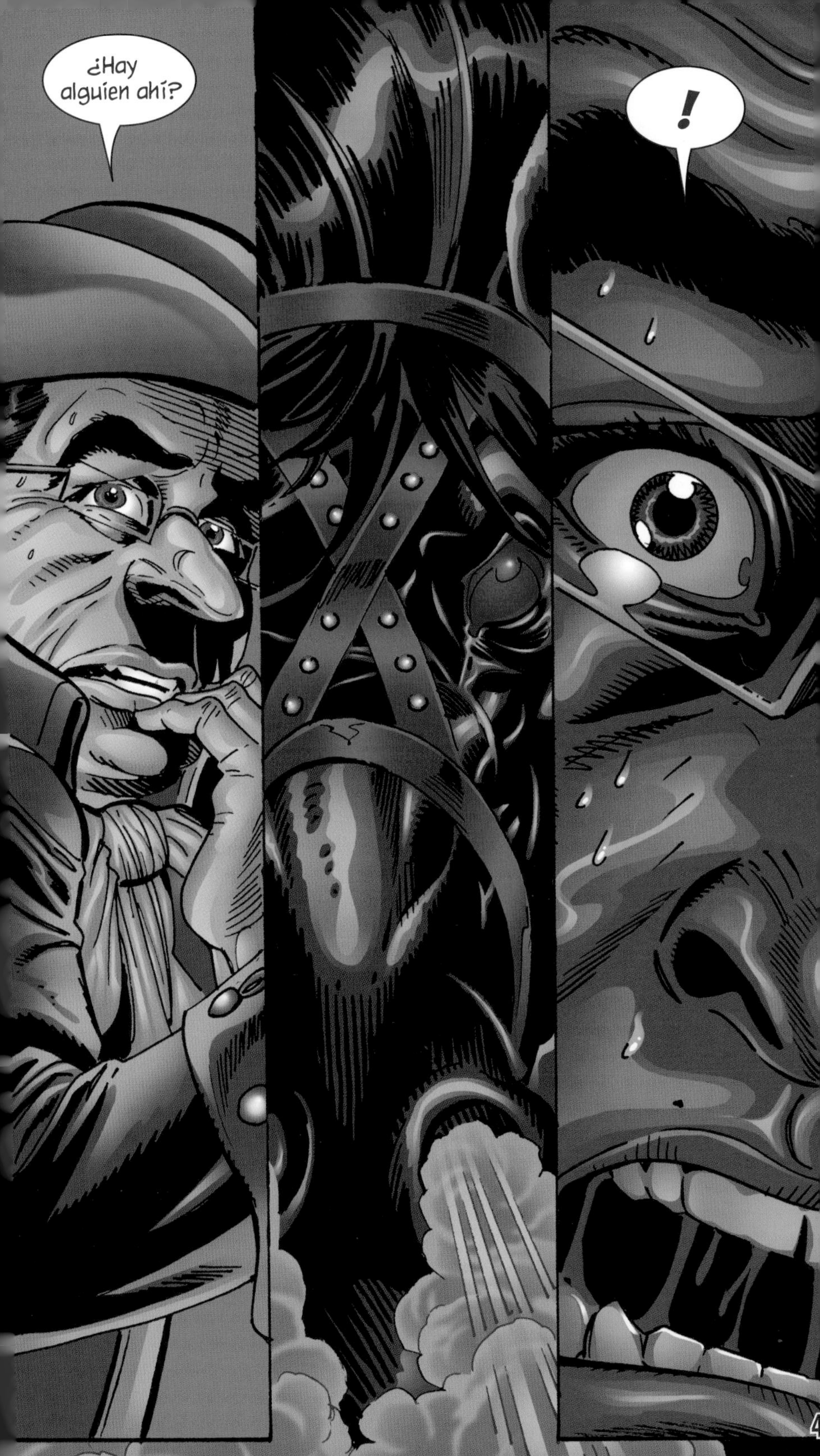
¿Hay alguien ahí?
!

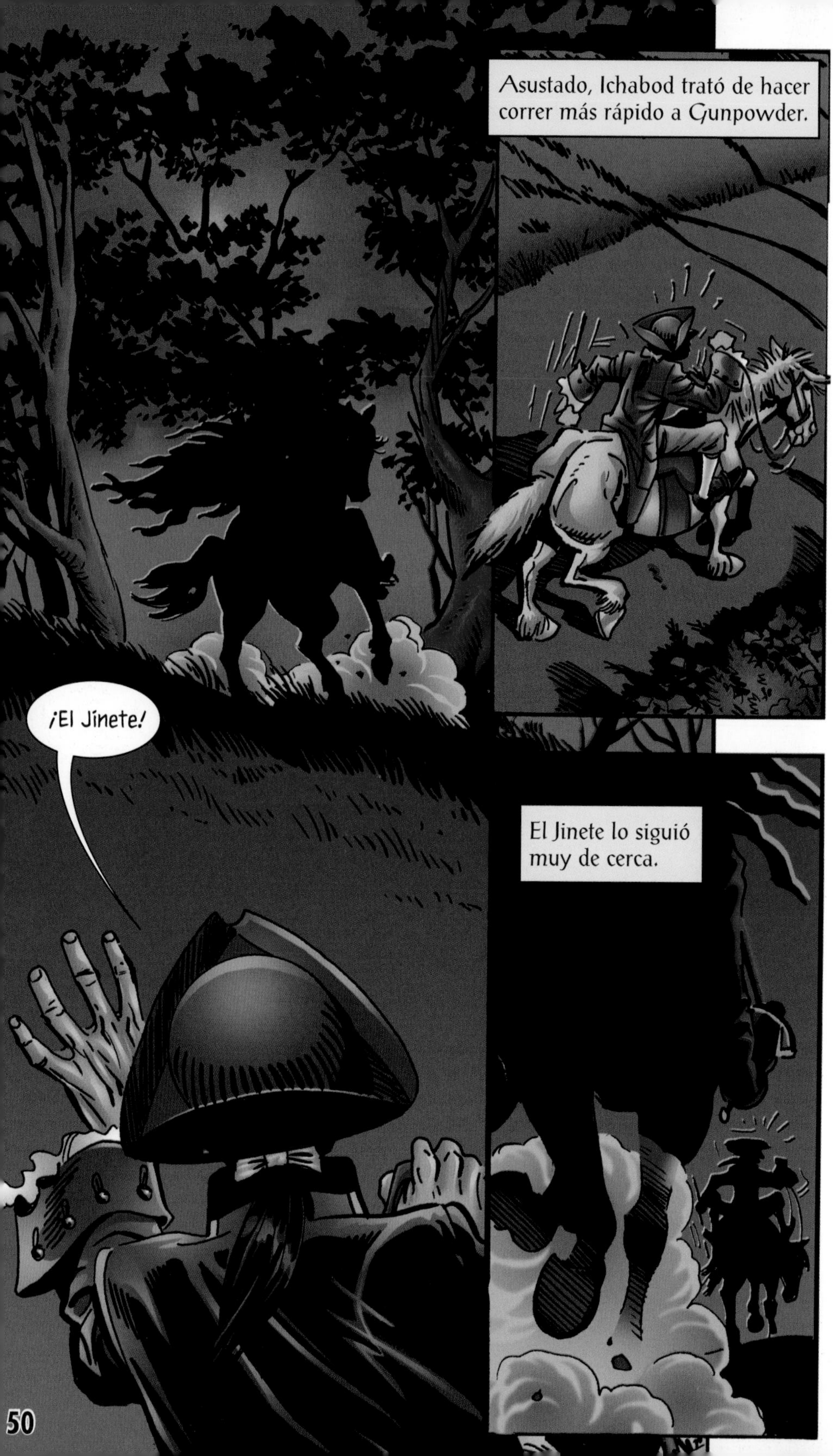
Asustado, Ichabod trató de hacer correr más rápido a Gunpowder.
¡El Jinete!
El Jinete lo siguió muy de cerca.

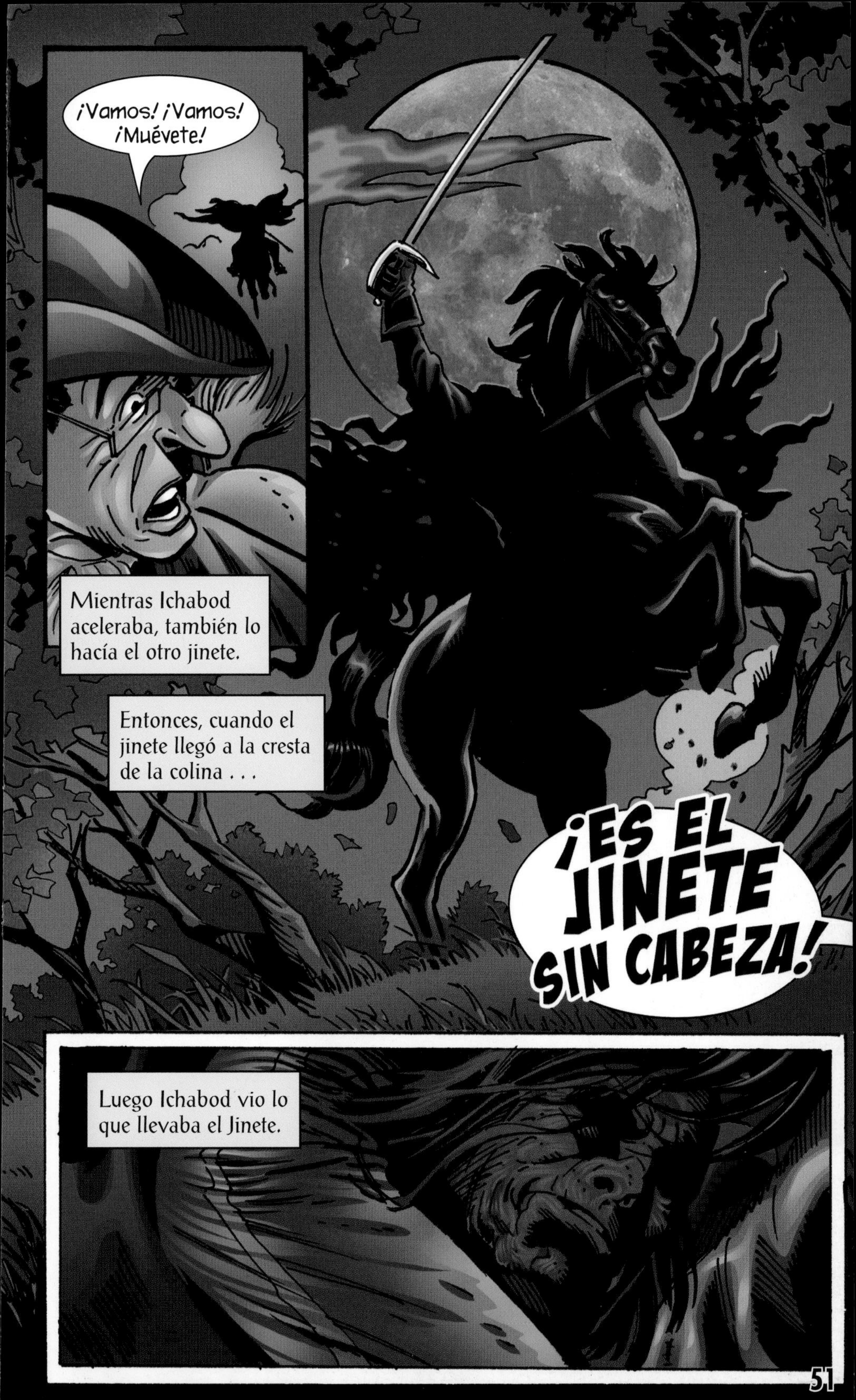
¡Vamos! ¡Vamos! ¡Muévete!
Mientras Ichabod aceleraba, también lo hacía el otro jinete.
Entonces, cuando el jinete llegó a la cresta de la colina . . .
¡ES EL JINETE SIN CABEZA!
Luego Ichabod vio lo que llevaba el Jinete.

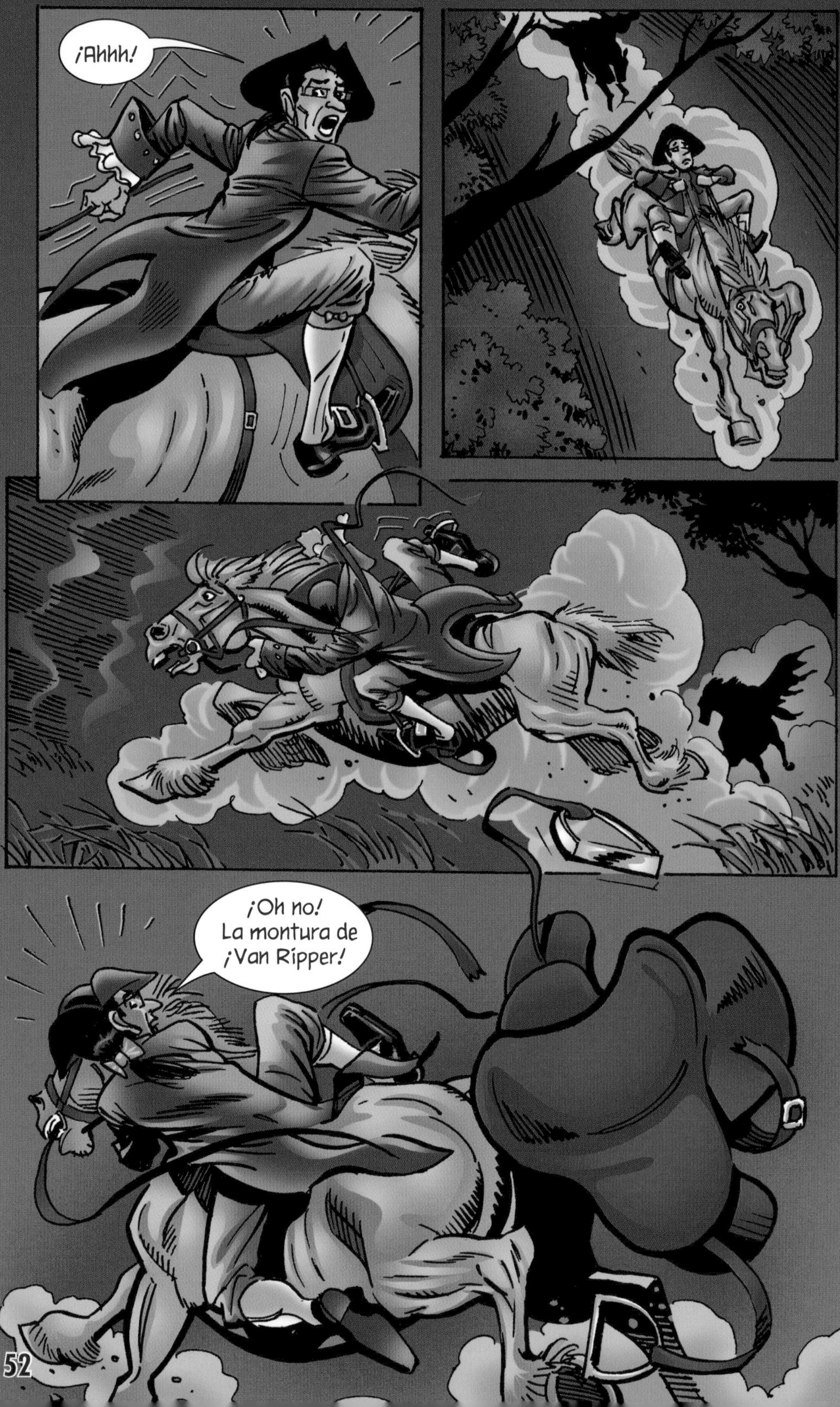
¡Ahhh!
¡Oh no! La montura de ¡Van Ripper!

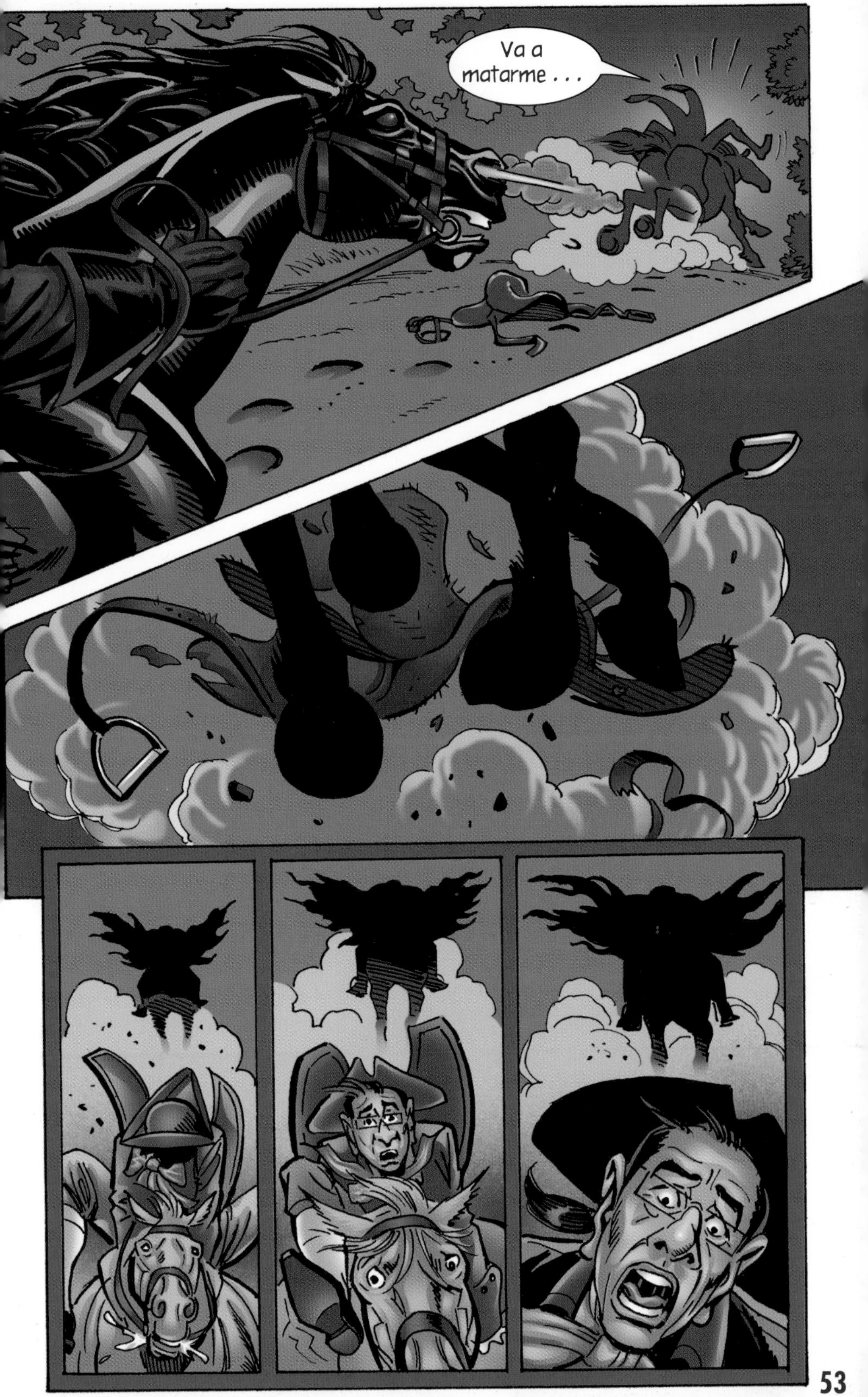
Va a matarme . . .

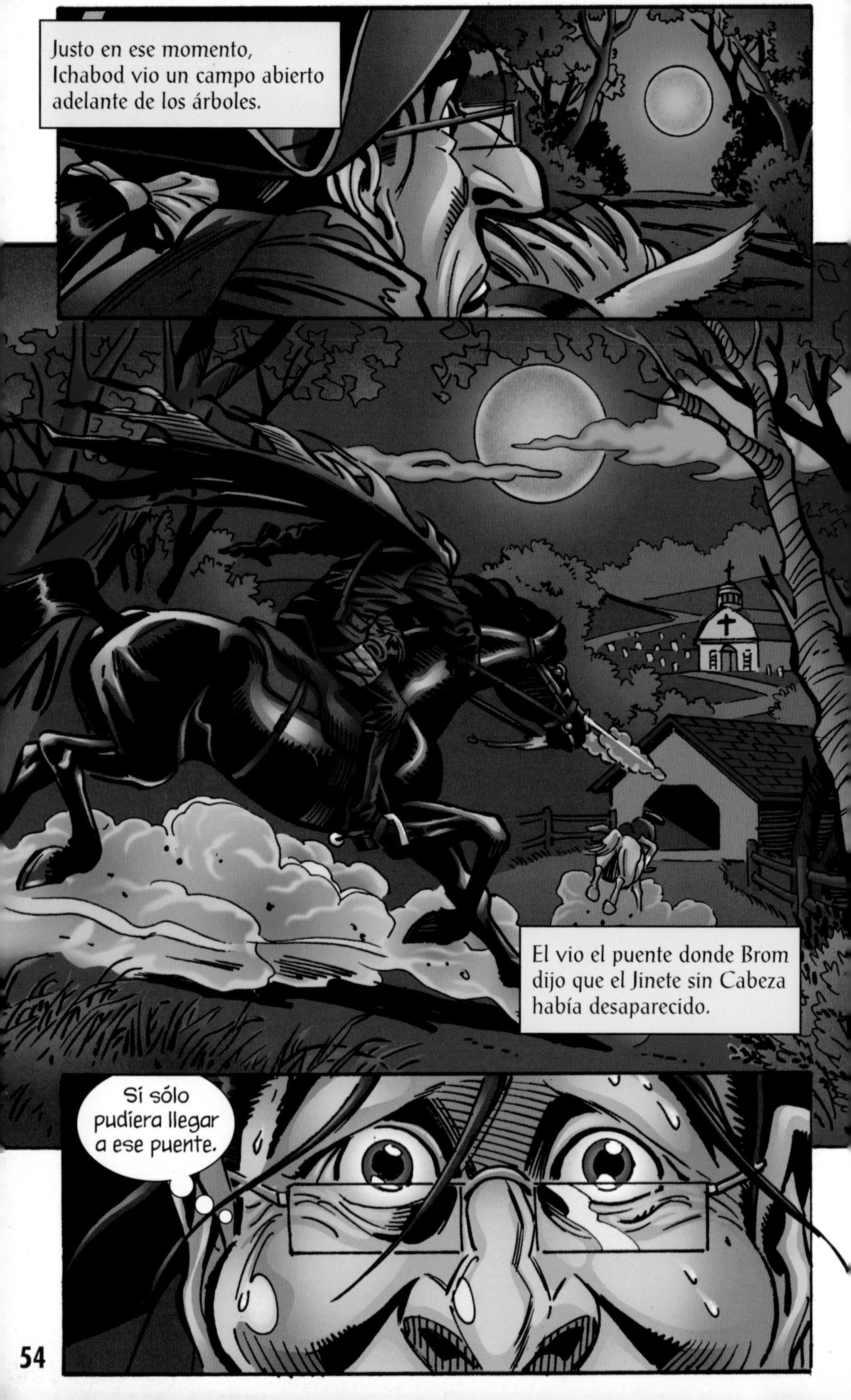
Justo en ese momento, Ichabod vio un campo abierto adelante de los árboles.
El vio el puente donde Brom dijo que el Jinete sin Cabeza había desaparecido.
Sí sólo pudiera llegar a ese puente.

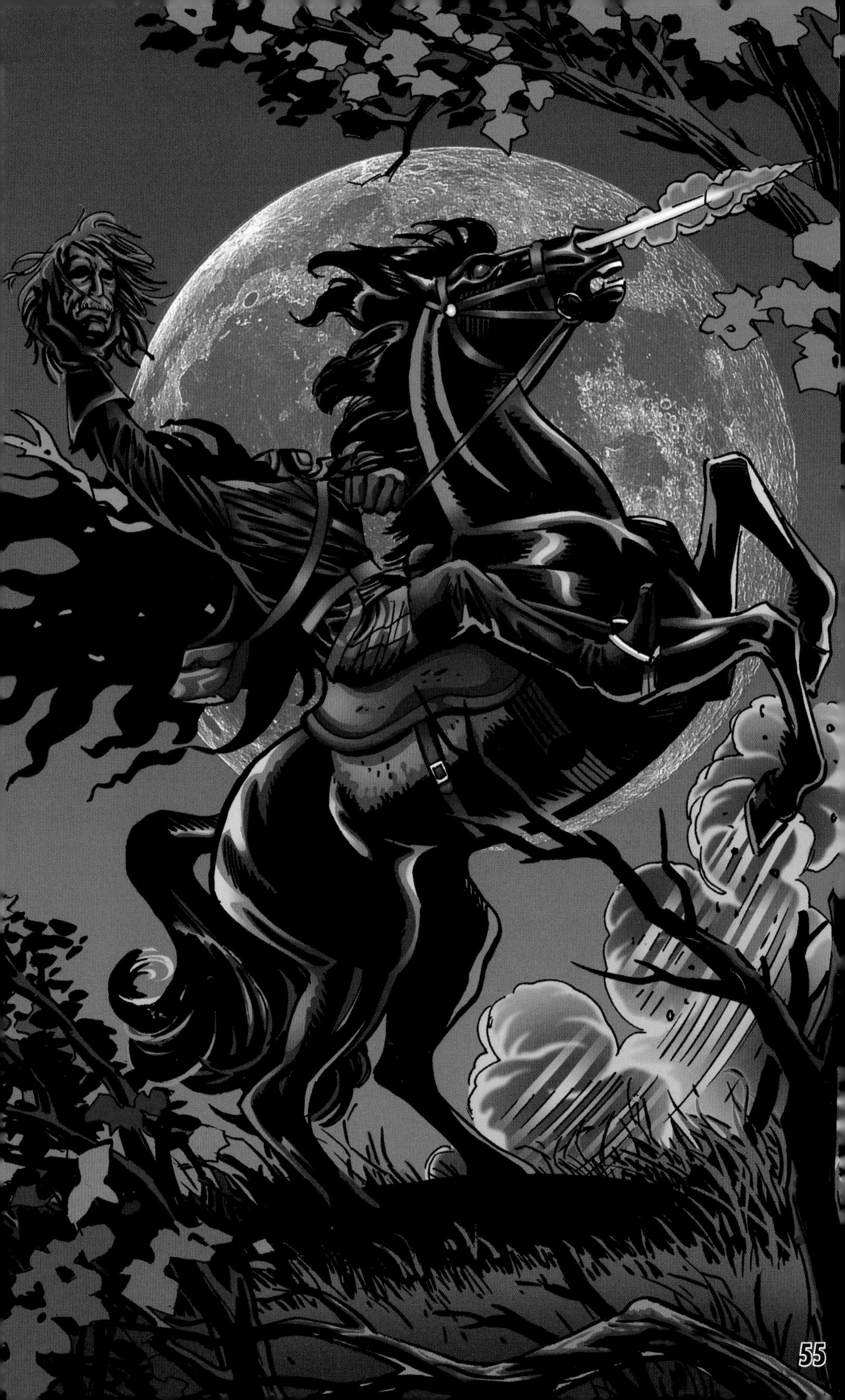

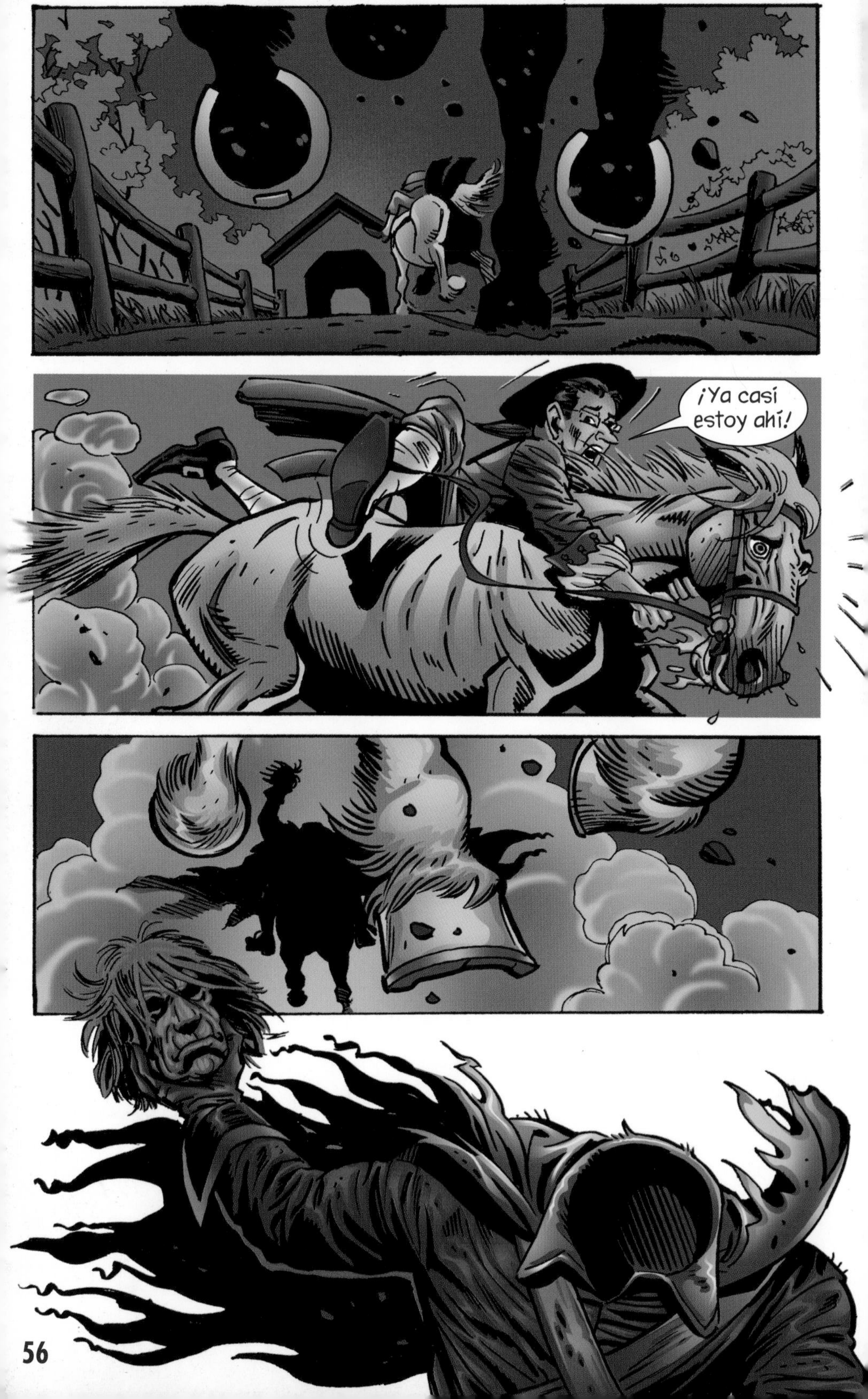
¡Ya casi
estoy ahí!

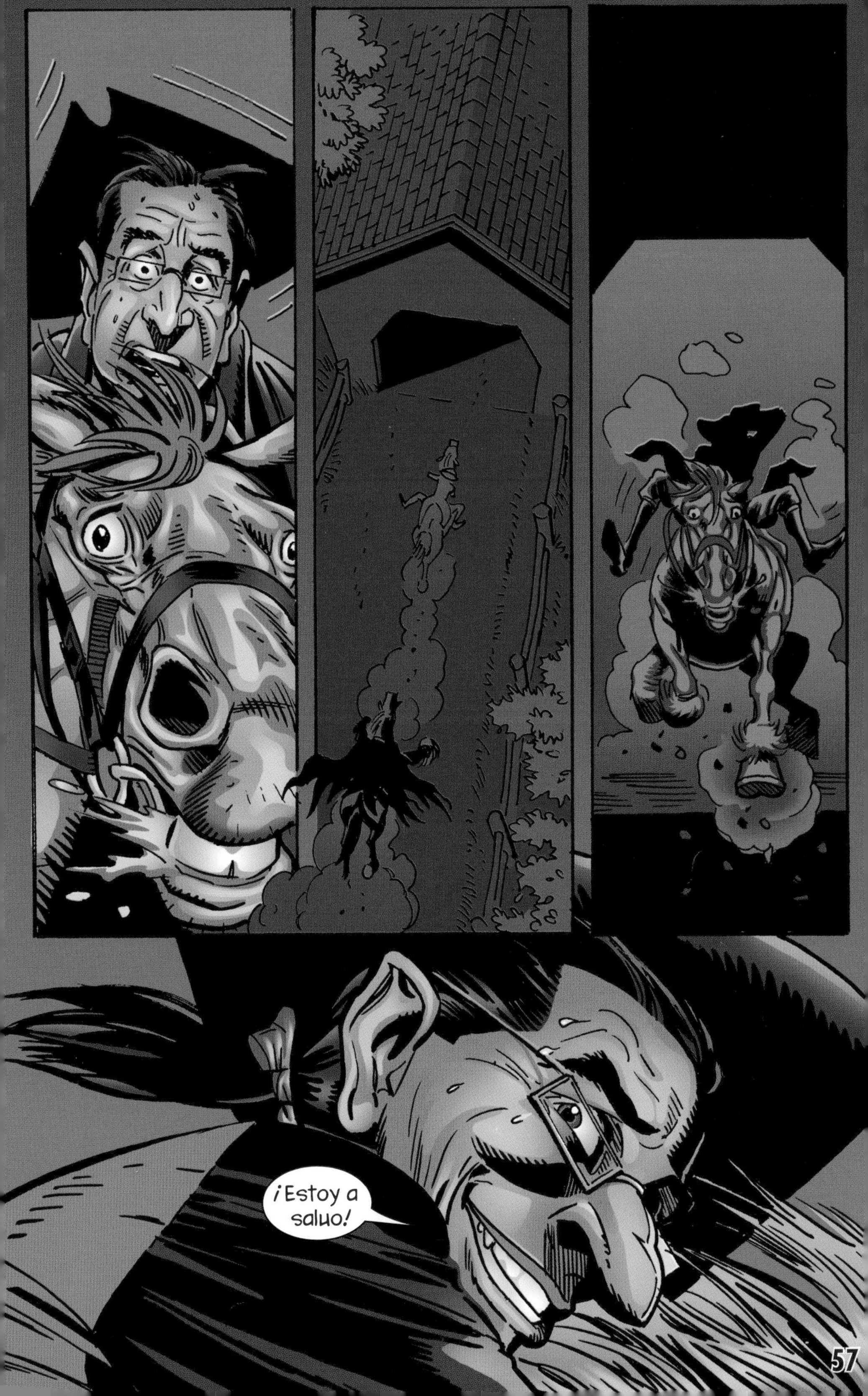
¡Estoy a saluo!

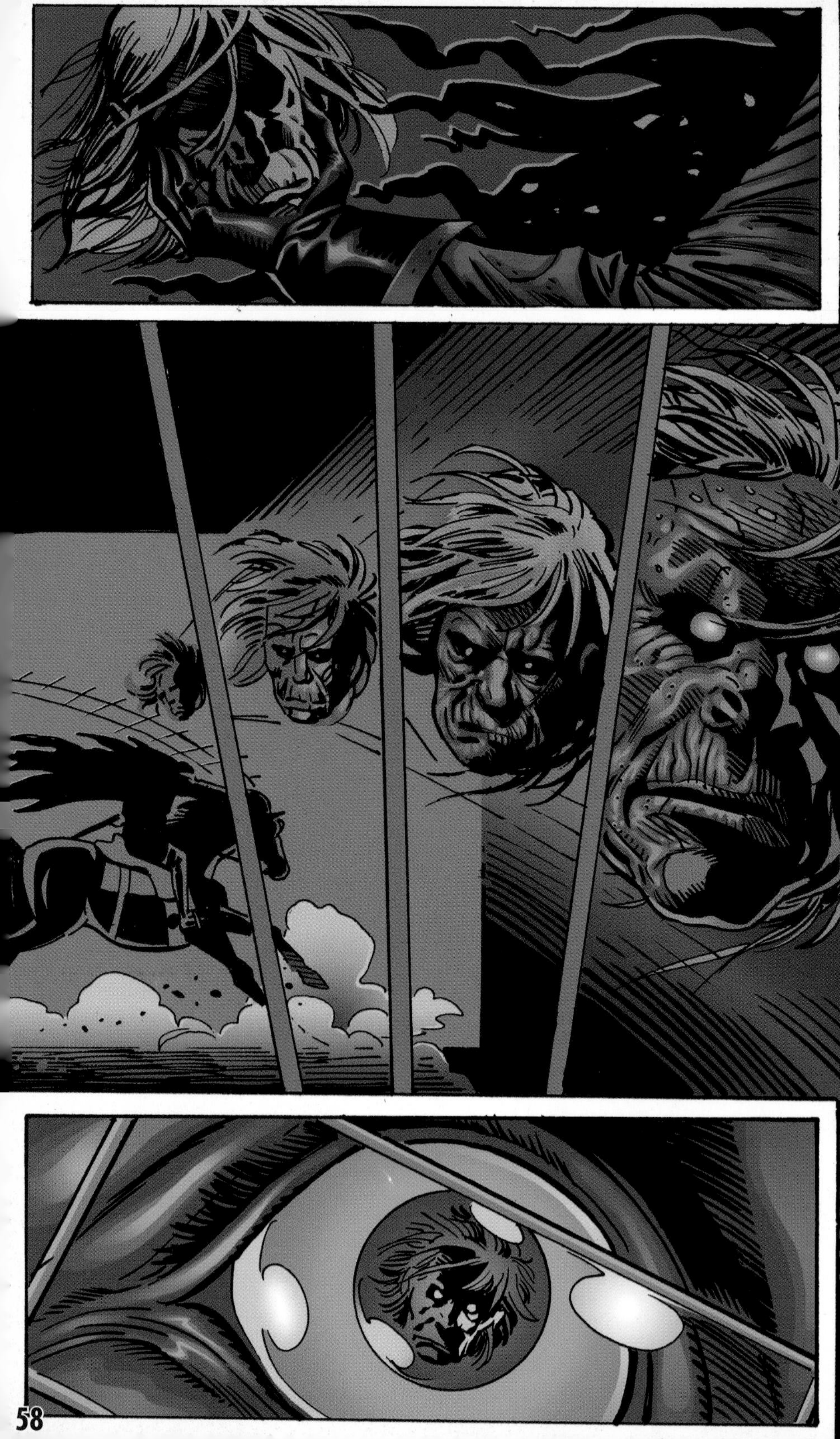

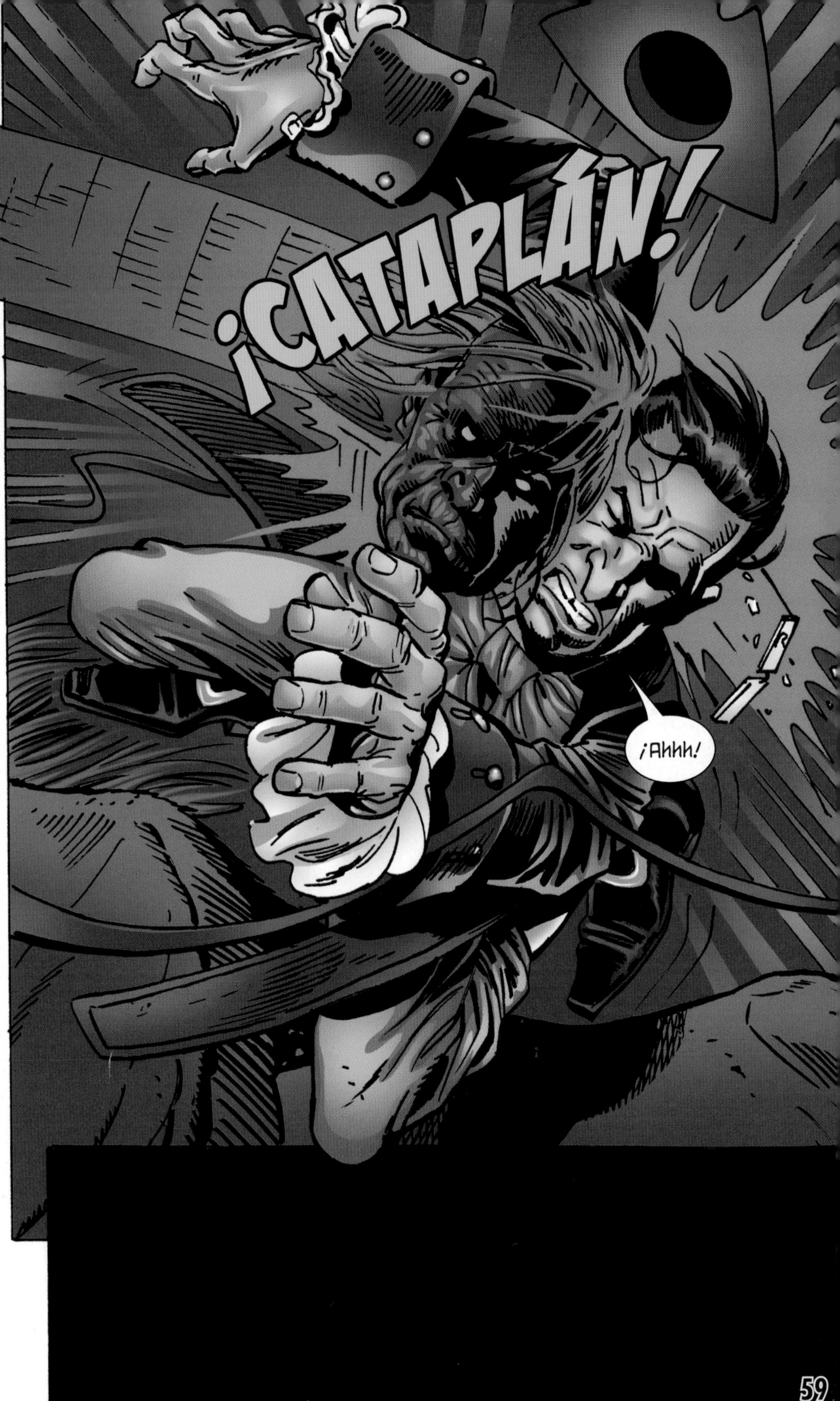
¡CATAPLÁN!
¡Ahhh!
[redacted]

CAPÍTULO 5

LA NUEVA LEYENDA

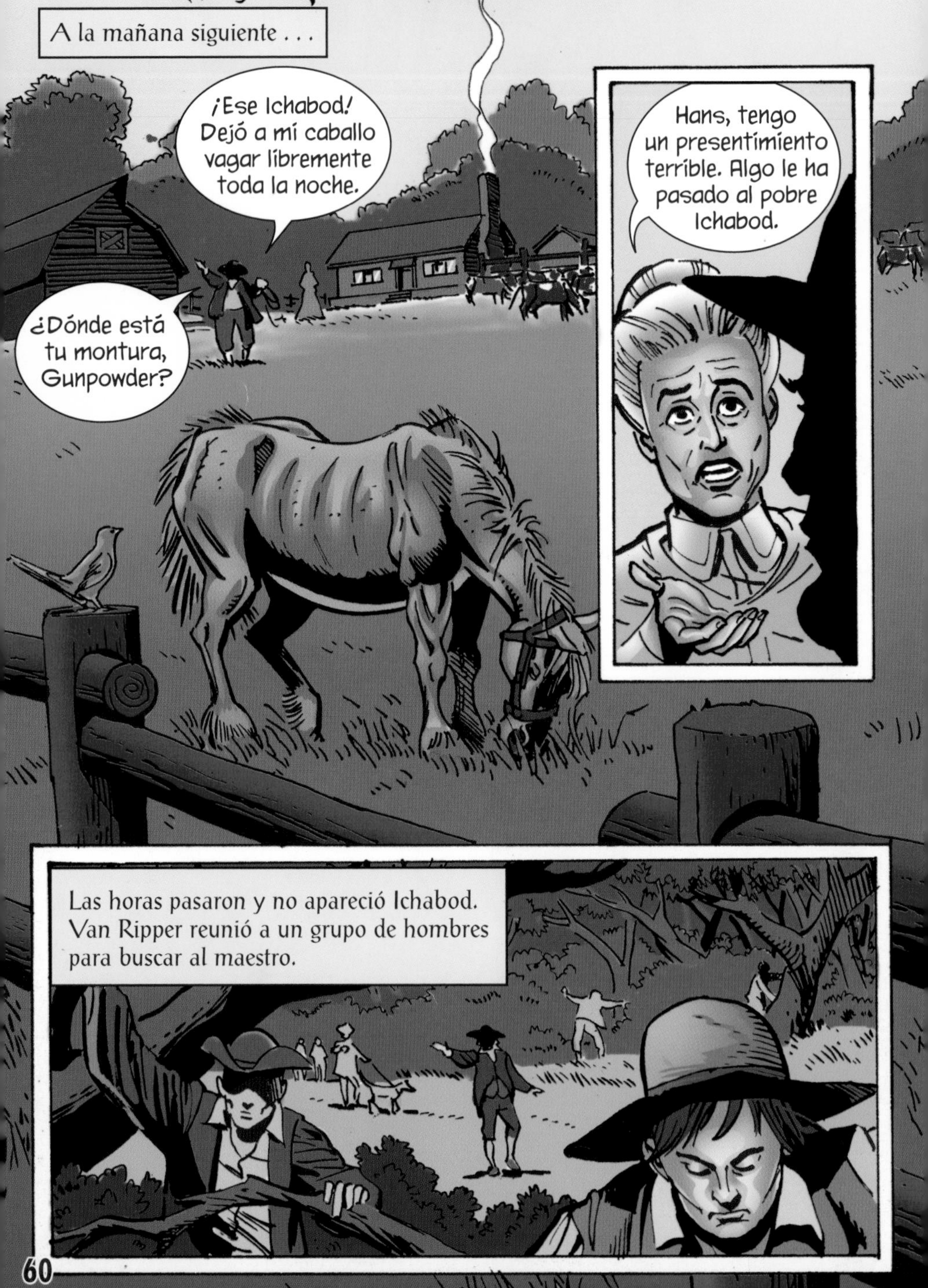

A la mañana siguiente . . .
¡Ese Ichabod! Dejó a mi caballo vagar libremente toda la noche.
¿Dónde está tu montura, Gunpowder?
Hans, tengo un presentimiento terrible. Algo le ha pasado al pobre Ichabod.
Las horas pasaron y no apareció Ichabod. Van Ripper reunió a un grupo de hombres para buscar al maestro.

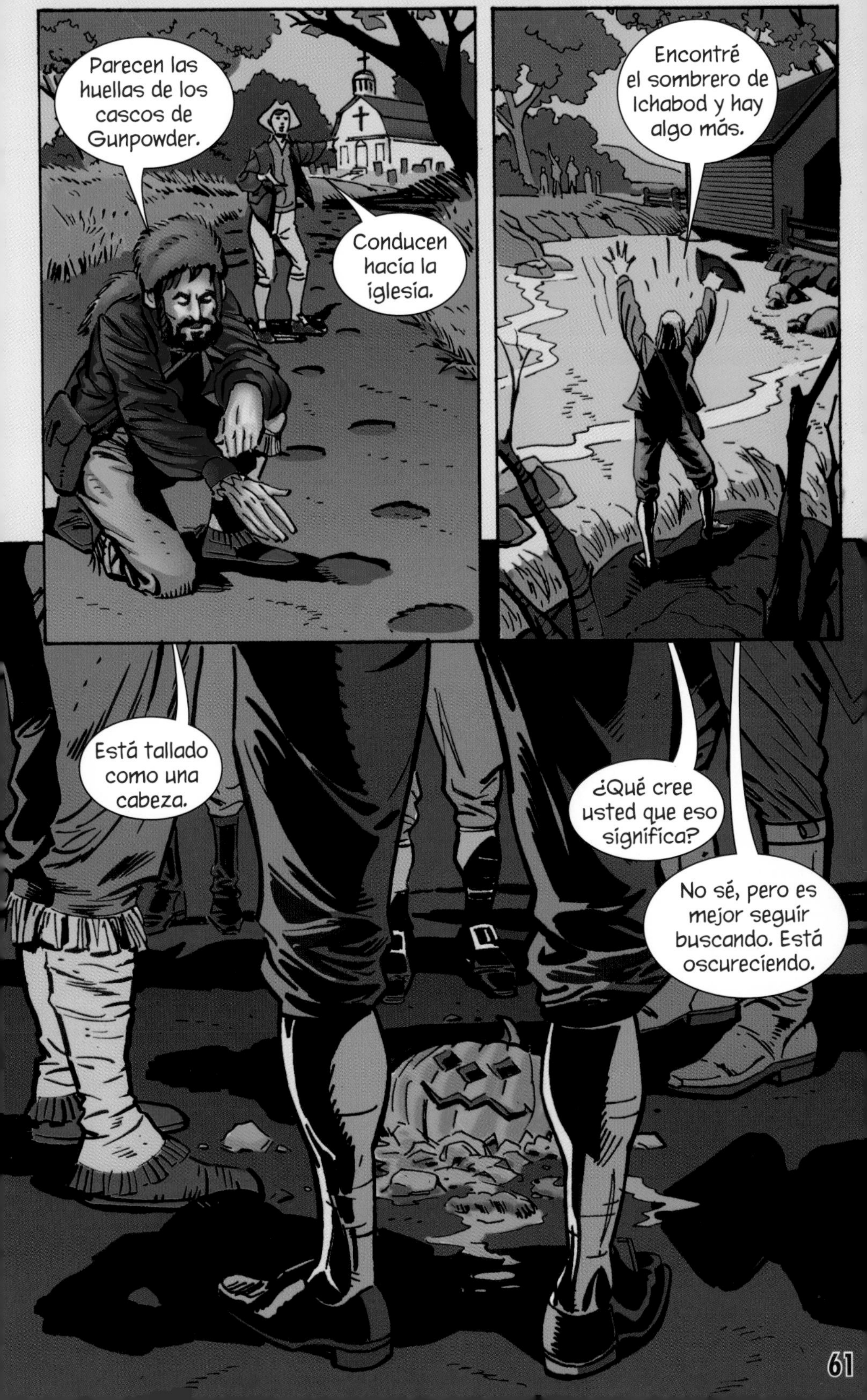
Parecen las huellas de los cascos de Gunpowder.
Conducen hacia la iglesia.
Encontré el sombrero de Ichabod y hay algo más.
Está tallado como una cabeza.
¿Qué cree usted que eso significa?
No sé, pero es mejor seguir buscando. Está oscureciendo.

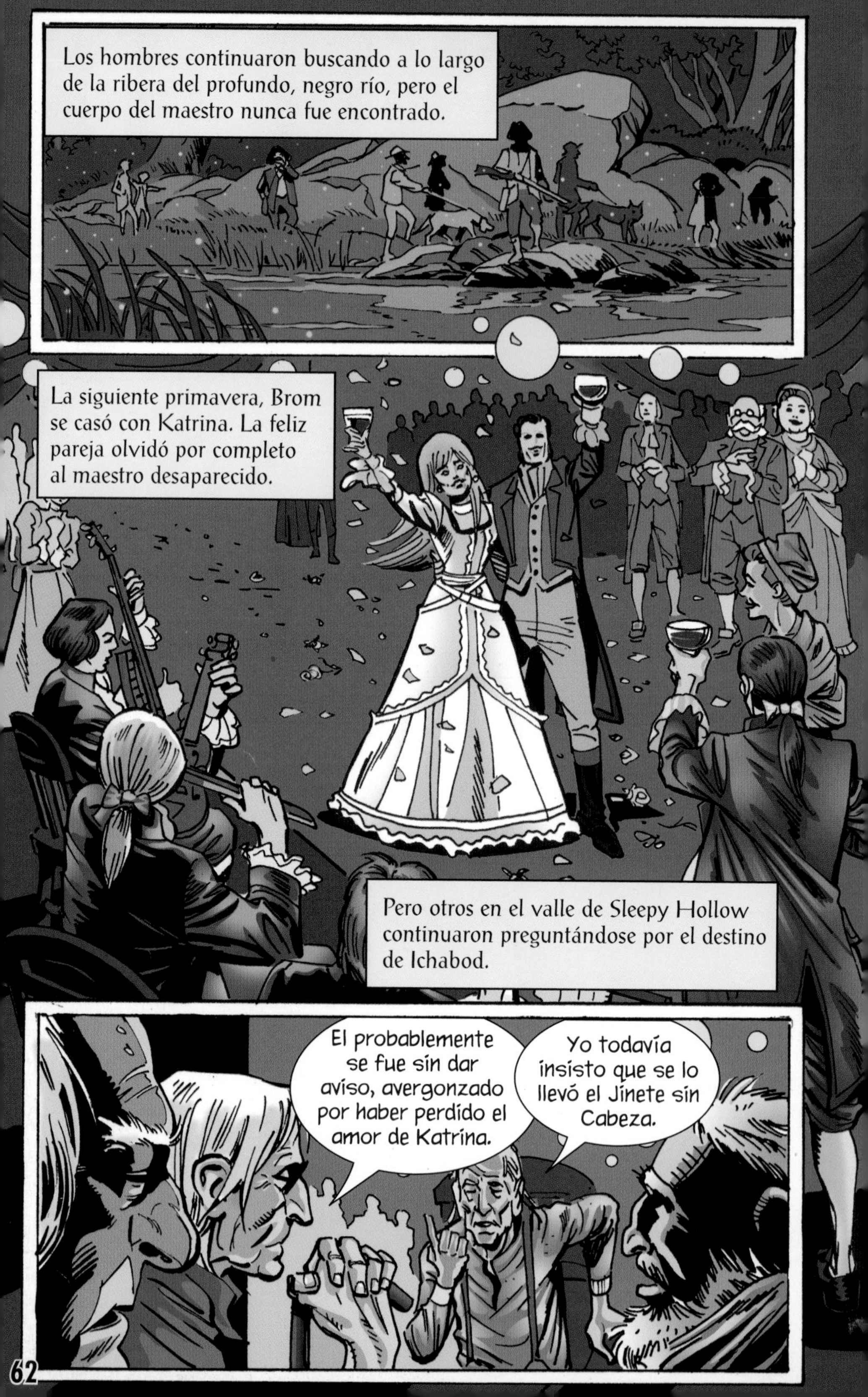
Los hombres continuaron buscando a lo largo de la ribera del profundo, negro río, pero el cuerpo del maestro nunca fue encontrado.
La siguiente primavera, Brom se casó con Katrina. La feliz pareja olvidó por completo al maestro desaparecido.
Pero otros en el valle de Sleepy Hollow continuaron preguntándose por el destino de Ichabod.
El probablemente se fue sin dar aviso, avergonzado por haber perdido el amor de Katrina.
Yo todavía insisto que se lo llevó el Jinete sin Cabeza.

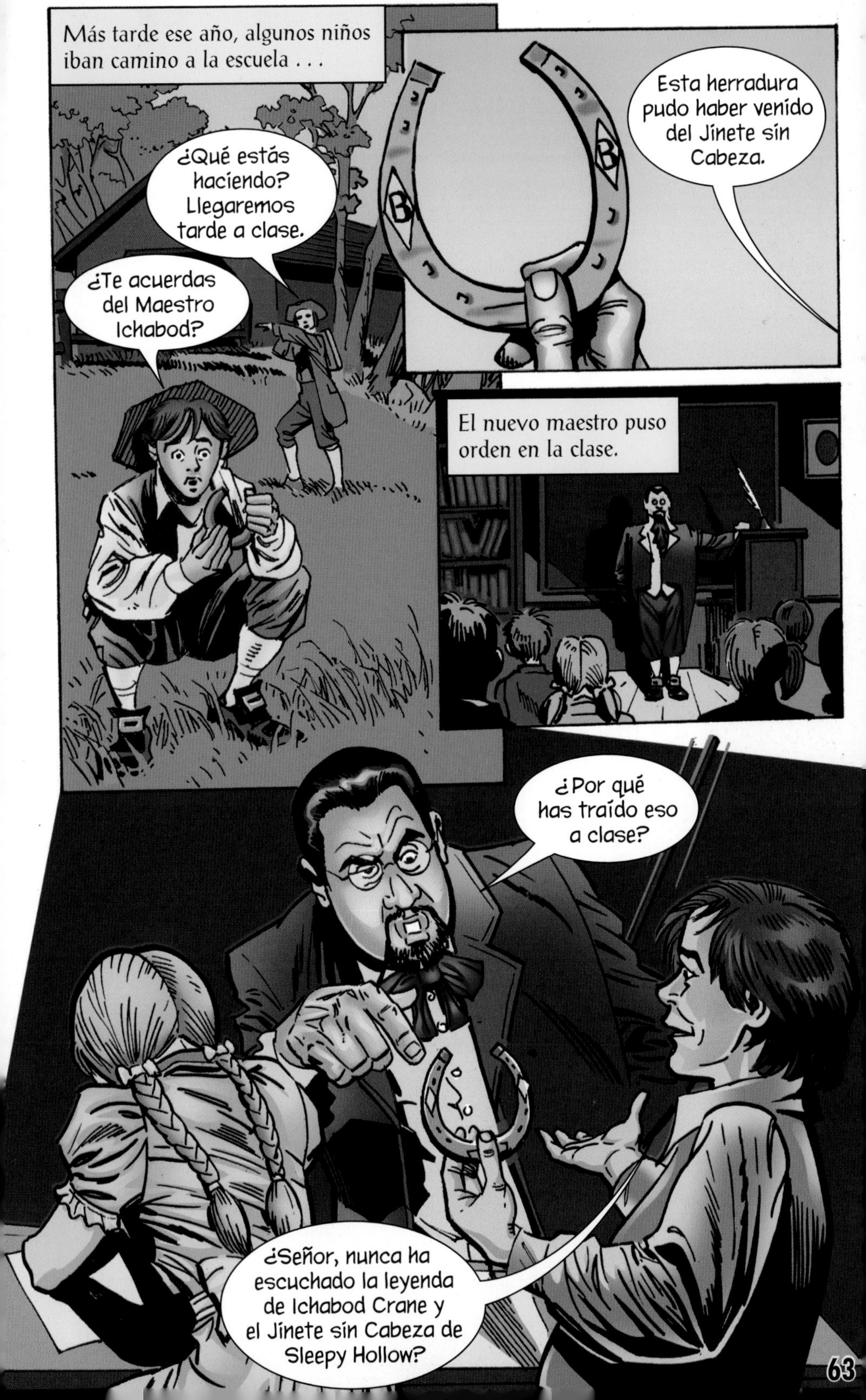

Más tarde ese año, algunos niños iban camino a la escuela . . .
¿Qué estás haciendo? Llegaremos tarde a clase.
¿Te acuerdas del Maestro Ichabod?
Esta herradura pudo haber venido del Jinete sin Cabeza.
El nuevo maestro puso orden en la clase.
¿Por qué has traído eso a clase?
¿Señor, nunca ha escuchado la leyenda de Ichabod Crane y el Jinete sin Cabeza de Sleepy Hollow?

Acerca del Autor

Washington Irving nació en la ciudad de Nueva York el 3 de abril de 1789, hacia el final de la Guerra Revolucionaria. Sus padres le dieron su nombre en honor a George Washington. En 1809, Irving escribió su primer libro, *Una Historia de Nueva York desde el Principio del Mundo hasta el Final de la Dinastía Danesa.* Este libro hacía broma de la historia local y política. Irving escribió muchas otras sátiras, historias de humor que comentaban sobre las creencias de la gente y de la política. Dos de sus cuentos más famosas son "La Leyenda del Jinete sin Cabeza" y "Rip Van Winkle". Irving se convirtió en uno de los primeros autores en realizar una carrera de escritor y es considerado el padre del cuento en América.

Acerca del Narrador

Blake A. Hoena creció en Wisconsin y luego se mudó a Minnesota para ir a la universidad, donde recibió su Maestría en Bellas Artes con un grado en Escritura Creativa. Recientemente el escribió una serie de novelas gráficas sobre unos hermanos extraterrestres, Eek y Ack, quienes constantemente quieren conquistar la Tierra de formas alocadas.

Acerca del Ilustrador

Tod Smith creció en Rhode Island, donde atendió el Joe Kubert School of Cartoon and Graphic Art. El comenzó a trabajar en caricaturas en los ochentas y ha sido un ilustrador para caricaturas y libros desde entonces. Le gusta tocar música en su tiempo libre y cuando estaba en el bachillerato, los Beatles lo inspiraron a tocar la guitarra. El vive en Connecticut con su esposa, Candace.

GLOSARIO

albergar — proveerle a alguien comida y un lugar para hospedarse.

apetito — un deseo o impulso por algo, frecuentemente por comida

corcel — es un caballo, especialmente grande y poderoso

cresta — alcanzar la parte más alta de algo, tal como la de una colina

embrujado — ser espantado por un hechizo o una maldición

gravedad — la fuerza invisible que jala los objetos hacia el centro de la Tierra

Hesse — es un soldado alemán contratado por los británicos para luchar en la Guerra Revolucionaria (1775 - 1783) contra los colonos Americanos

ociosear — demorarse o esperar haciendo nada

superstición — la creencia en las cosas sobrenaturales, como magia y fantasmas

traidor — alguien que es desleal a su país o gobierno

La Historia Detrás de la Historia de la Leyenda del Jinete sin Cabeza

Washington Irving es mejor conocido por haber escrito "La Leyenda del Jinete sin Cabeza." El también fue un biógrafo y un historiador. A él le gustaba utilizar lugares, personas y eventos verdaderos como inspiración para sus historias de ficción.

Tarrytown se halla a lo largo de la orilla oriental del banco del río Hudson, a unas 25 millas hacia el norte de la ciudad de Nueva York. Irving en realidad vivió los últimos años de su vida allí. Hoy, también hay un pequeño pueblo que se llama Sleepy Hollow abajo de la carretera de Tarrytown.

La iglesia por donde pasa Ichabod camino hacia Tarrytown es la Iglesia Old Dutch de Sleepy Hollow. Construida en 1685, es una de las iglesias más antiguas de Nueva York. El lugar donde se dice que está enterrado el Jinete sin Cabeza es en los Terrenos de Sepultura de Old Dutch, junto a la iglesia. Cerca de ahí hay un puente que cruza el río Pocantico.

Irving probablemente inspiró sus personajes de "La Leyenda del Jinete sin Cabeza" en personas que había conocido en su área. Muchos Van Tassel vivían cerca de Tarrytown. Se dice que, Eleanor Van Tassel Brush, la hermosa sobrina de Catriena Van Tassel, fue la modelo para Katrina. El herrero local, Abraham Martling, pudo haber sido la inspiración para Brom Bones. "Brom" es un apodo frecuente para alguien que lleve el nombre de Abraham.

El personaje de Ichabod Crane pudo venir de diferentes fuentes. Probablemente Irving tomó el nombre de un soldado, Coronel Ichabod Crane, a quien conoció durante su servicio en el ejército. Jesse Merwin, un maestro de escuela de Kinderhook que queda cerca, era amigo de Irving y pudo ser la base para el personaje de Ichabod.

La captura del Comandante John André que fue mencionado en "La Leyenda del Jinete sin Cabeza" fue un evento importante durante la Guerra Revolucionaria. El 23 de septiembre de 1780, tres hombres militares capturaron al Comandante André en Tarrytown. El había hecho un plan con Benedict Arnold y la captura de André previno un ataque al fuerte de West Point. El Comandante André fue condenado como un espía y luego fue ahorcado.

También hay una leyenda sobre un soldado de Hesse que fue encontrado en Sleepy Hollow. Los soldados del Ejército Continental mataron al soldado de Hesse y su cabeza fue casi cortada del todo. La leyenda dice que una pareja local, por respeto al soldado de Hesse, lo enterraron en los Terrenos de Sepultura de Old Dutch porque un soldado de Hesse había salvado a su bebé. Irving posiblemente se enteró de esta leyenda al estar trabajando en la biografía de George Washington y pudo haber sido la base para "La Leyenda del Jinete sin Cabeza."

Preguntas para Discutir

1. Hacia el final de la historia, algunas personas del pueblo de Tarry Town se preguntaban qué le había sucedido a Ichabod Crane. ¿Qué crees que le sucedió a Ichabod Crane? Explica tu repuesta usando ejemplos de la historia para soportar la misma.

2. A Ichabod Crane parece que le gusta escuchar historias de fantasmas, sin embargo en la página 30 y 31, él explica por qué ciertos fantasmas no pueden existir.¿Por qué Ichabod actúa de esta manera? ¿Por qué a él le gustan las historias de fantasmas y sin embargo le tiene miedo a los fantasmas de Sleepy Hollow?

3. Washington Irving en realidad escribió "La Leyenda del Jinete sin Cabeza" como una sátira, una historia de humor que comentaba sobre las vidas de las personas que vivían al norte de Nueva York. ¿Por qué crees que ahora la gente la ve como una historia de miedo?

Ideas para Escribir

1. ¿Tienes una historia de fantasma favorita? Escríbela.

2. Al final de la historia, un nuevo maestro de escuela llega a Sleepy Hollow. Escribe una historia sobre lo que le sucede a él. ¿Se encuentra él con el Jinete sin Cabeza u otro fantasma?

3. Imagína que viviate en Tarry Town. Escriba una historia acerca de un encuentro con uno de sus muchos fantasmas.

Otros Novelas Gráfics

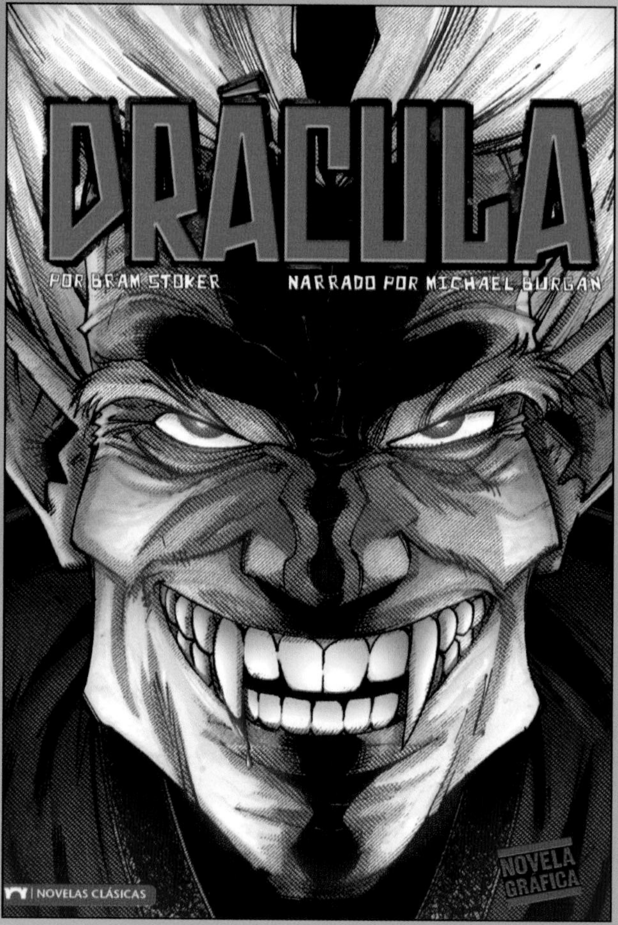
DRÁCULA
POR BRAM STOKER
NARRADO POR MICHAEL BURGAN
NOVELA GRÁFICA
NOVELAS CLÁSICAS

Drácula

En un viaje de negocios a Transilvania, Jonathan Harker se hospeda en un castillo misterioso que le pertenece a un hombre llamado Conde Drácula. Cuándo comienzan a suceder cosas extrañas, Harker decide explorar el castillo, ¡y encuentra al Conde durmiendo en un féretro! Harker se encuentra en peligro, y cuando el Conde se escapa a Londres, también sus amigos.

VIAJE AL CENTRO DE LA TIERRA
NOVELA GRÁFICA

Viaje al Centro de la Tierra

Axel Lidenbrock y su tío encuentran un mensaje dentro de un libro de más de 300 años. ¡La nota describe un pasaje secreto al centro de la tierra! Poco después ambos descienden a lo más profundo del volcán con la ayuda de Hans, su guía. Juntos descubren ríos subterráneos, océanos, extrañas rocas, y monstruos prehistóricos. Pero también descubren peligros que podrían atraparlos bajo la superficie de la tierra para siempre.

ROBIN HOOD
NOVELA GRÁFICA

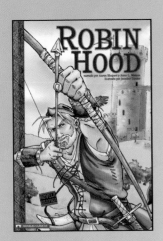

Robin Hood

Robin Hood es el héroe del Bosque de Sherwood. Quitando a los ricos para dar a los pobres, Robin Hood y sus fieles seguidores luchan por los oprimidos y desamparados. Mientras burlan al Sheriff de Nottingham, Robin Hood y la banda de ladrones emprenden una serie de aventuras emocionantes.

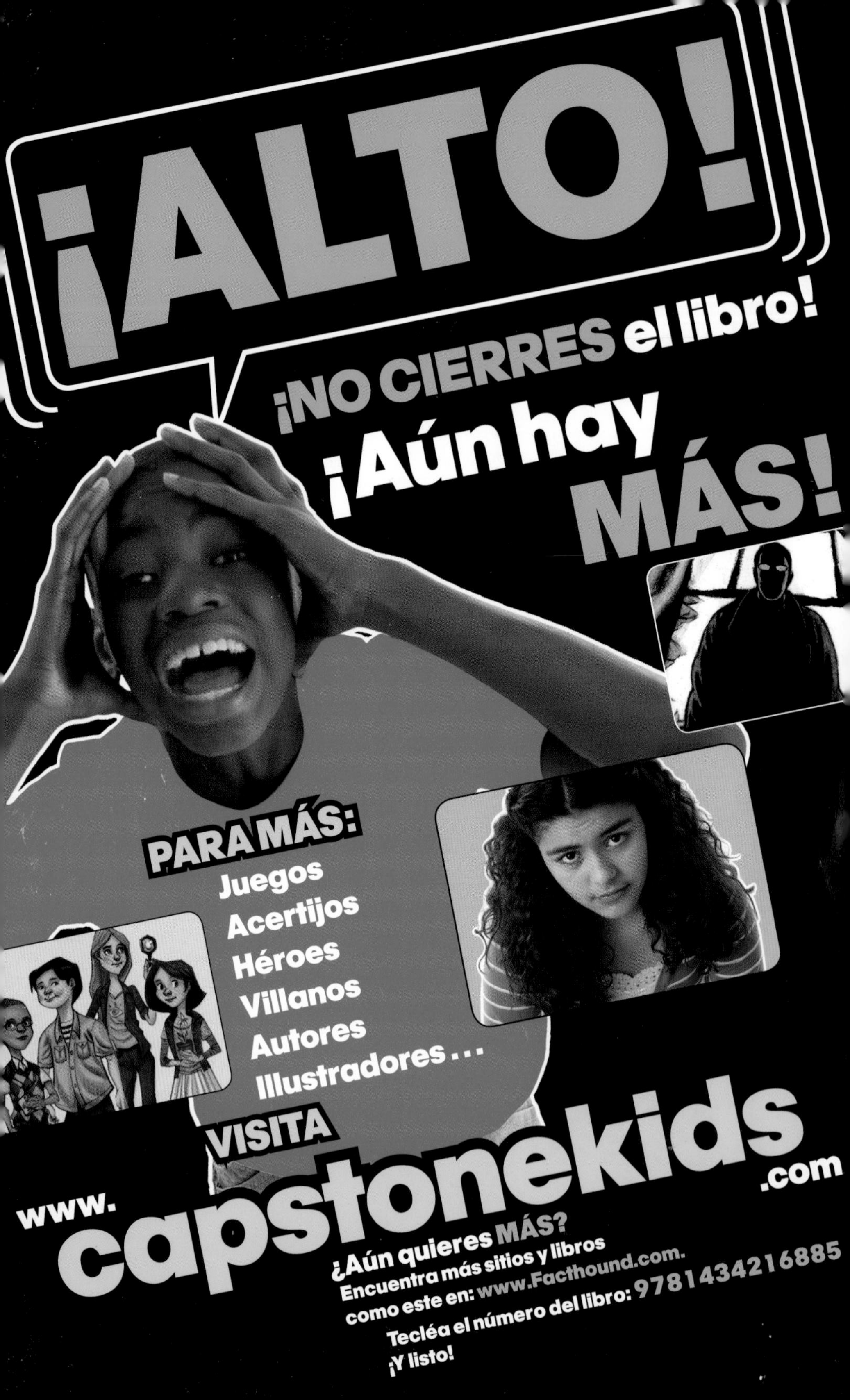

¡ALTO!
¡NO CIERRES el libro!
¡Aún hay MÁS!
PARA MÁS:
Juegos
Acertijos
Héroes
Villanos
Autores
Illustradores . . .
VISITA
www.capstonekids.com
¿Aún quieres MÁS?
Encuentra más sitios y libros como este en: www.Facthound.com.
Tecléa el número del libro: 9781434216885
¡Y listo!